宮沢賢治論

中村 稔
Nakamura Minoru

青土社

宮沢賢治論　目次

宮沢賢治論

「雨ニモマケズ」

冒頭の一行を採って「雨ニモマケズ」として知られる作品は、最終の五行、

ミンナニデクノボートヨバレ
ホメラレモセズ
クニモサレズ
サウイフモノニ
ワタシハナリタイ

に描かれた人間像に冒頭の「雨ニモマケズ」から始まる全行が収斂される作品と解すべきか。私はそうは解さない。この作品は、自分はこうでありたい、こういうこともしたい、といった夢想に似た願望を思いつくまま次々に書きつらねて成った作品であると私は考える。

対照的に、冒頭の三行は

雨ニモマケズ
風ニモマケズ
雪ニモ夏ノ暑サニモマケヌ

として、次の

丈夫ナカラダヲモチ

と続き、健康への願望の形容句であることをはっきり記している。

「雨ニモマケズ」は、この冒頭四行の健康でありたいという願望に始まり、くりかえしていえば、こういう人格でありたい、こういう能力をもちたい、こういう生活をしたい、こういう行動をしたい、といったさまざまの願望を思いつくがままに、必ずしも普通の順序でなく、次々に書きつらねた作品であり、病躯に喘ぐ作者の脳裏に去来した願望の数々の集合が「雨ニモマケズ」であると読むべき作品なのである。

そこで、「丈夫ナカラダヲモチ」という願望に続いて、宮沢賢治は

慾ハナク
決シテ瞋ラズ
イツモシヅカニワラッテヰル

という夢違観音を思わせるような、欲望をもたず、怒ることもなく、いつも静かな笑みをうかべている人格への願望を書いたのである。このきよらかで沈静な人格は、庶民に慈悲を施すような、超越的な存在である。このような高潔な人格は敬慕の対象となっても、デクノボーとは程遠いというべきである。

これは病床にあった宮沢賢治が夢みた人格の願望であった。現実の宮沢賢治はしばしば憤り、怒った。「なめとこ山の熊」には次の一節がある。

「ところがこの豪儀な小十郎がまちへ熊の皮と胆を売りに行くときのみじめさと云ったら全く気の毒だった。

町の中ほどに大きな荒物屋があって笊だの砂糖だの砥石だの金天狗《きんてんぐ》やカメレオン印の煙草だのそれから硝子の蠅とりまでならべてゐたのだ。小十郎が山のやうに毛皮をしょってそこのしきゐを一足またぐと店では又来たかといふやうにうすわらってゐるのだった。店の次の間に大きな唐金《からかね》の火鉢を出して主人がどっかり座ってゐた。

「旦那さん、先《せん》ころはどうもありがたうごあんした。」

あの山では主のやうな小十郎は毛皮の荷物を横におろして叮ねいに敷板に手をついて云ふのだった。

「はあ、どうも、今日は何のご用です。」

「熊の皮また少し持って来たます。」

「熊の皮か。この前のもまだあのまゝしまってあるし今日ぁまんつい〻ます。」

「旦那さん、さう云はないでどうか買って呉んなさい。安くてもい〻ます。」

「なんぼ安くても要らないます。」主人は落ち着きはらってきせるをたんたんとてのひらへた〻くのだ、あの豪気な山の中の主の小十郎は斯う云はれるたびにもうまるで心配さうに顔をしかめた。」

途中を省略する。

「「旦那さん、お願だます。どうが何ぼでもい〻はんて買って呉ない。」小十郎はさう云ひながら改めておじぎさへしたもんだ。

主人はだまってしばらくけむりを吐いてから顔の少しでにかにか笑ふのをそっとかくして云ったもんだ。

「い〻ます、置いてお出れ。ぢゃ、平助、小十郎さんさ二円あげろぢゃ。」

店の平助が大きな銀貨を四枚小十郎の前へ座って出した。小十郎はそれを押しいたゞくやうにしてにかにかしながら受け取った。それから主人はこんどはだんだん機嫌がよくなる。」

さらに途中を省略し、この挿話の末尾を引用する。

「いくら物価の安いときだって熊の毛皮二枚で二円はあんまり安いと誰でも思ふ。実に安いしあんまり安いことは小十郎でも知ってゐる。けれどもどうして小十郎はそんな町の荒物屋なんかへでなしにほかの人へどしどし売れないか。それはなぜか大ていの人にはわからない。けれども日本では狐けんといふものもあって狐は猟師に負け猟師は旦那に負けるときまってゐる。こゝでは熊は小十郎にやられ小十郎が旦那にやられる。旦那は町のみんなの中にゐるからなかなか熊に食はれない。けれどもこんないやなずるいやつらは世界がだんだん進歩するとひとりで消えてなくなって行く。僕はしばらくの間でもあんな立派な小十郎が二度とつらも見たくないやうないやなやつにうまくやられることを書いたのが実にしゃくにさはってたまらない。」

宮沢賢治の正義感は時に町の「旦那」に対する抑制できないほどの憤りを彼に感じさせたのである。

また、『春と修羅』第二集所収の「秋と負債」には

ポランの広場の夏の祭の負債から
わたくしはしかたなくここにとゞまり
ひとりまばゆく直立して

いろいろな目にあふのであるが

という四行があり、

もうわたくしはあんな sottise な灰いろのけだものを

二度おもひだす要もない

と結ばれている。新校本全集第三巻・詩［Ⅱ］の校異篇には「18行の原文 sottige は、逐次形(1)のルビを参照して、フランス語源のドイツ語 sottige（「愚かな言動」の意）の誤記とみて校訂したが、他に zottig（「毛むくじゃら」の意）の誤記の可能性も考えられる」と記されている。この校異篇の説明は私には充分理解できないが、「秋と負債」の趣旨は、おそらく農学校生徒に上演させた「ポランの広場」の関係で宮沢賢治は負債をかかえることとなり、返済できないので、苦情を言われていた。そこで返済を迫る債権者を灰いろのけだものと罵っているのであろう。あるいは宮沢賢治が返済の時期を延期してくれるよう頼んだのに債権者は聞き入れてくれなかったのかもしれない。ただ、私がここで指摘したいことは、ここでも宮沢賢治は憤っているという事実である。

「雨ニモマケズ」で「決シテ瞋ラズ」と書いたが、現実の宮沢賢治の人格とは違っていた。「雨ニモマケズ」を書いた時点では、宮沢賢治はこのような憤り、怒りを超越した人格を願望していた。夢違観音を思わせるような人間像は彼がこうありたいと願望した人格であった。

次に「慾ハナク」について、現実の宮沢賢治は無欲であったか。宮沢賢治は音楽を好み、チェロを学習し、レコードを蒐集した。また、浮世絵を好み、相当数の浮世絵を蒐集した。新校本全集第十六巻（下）補遺・伝記資料篇に彼が遺したレコードアルバムが記載されており、アルバム記載のレコードは現在宮沢賢治記念館に収蔵されているとある。しかし、このレコードアルバムに収められているLP盤レコードは僅か十二枚という。ただし、宮沢賢治が「聴いたレコードは、書簡中に名前が現れるものや知己に贈ったものなど多数知られる」とも記されている。高村光太郎は戦後花巻郊外、当時の太田村山口に独居自炊したが、ある日幻聴にバッハの「ブランデンブルク協奏曲」を聞き、その後、宮沢政次郎家を訪ね、宮沢賢治の遺品「ブランデンブルク協奏曲」全曲、レコードを聴いた、と日記に記している。「ブランデンブルク協奏曲」は大曲だからLP盤では何枚に収まるか見当もつかないが、こういうレコードまで揃っていたことからみても、彼がずいぶん熱心なレコード蒐集者であったことが確実である。

浮世絵についても新校本全集第十六巻（下）補遺・伝記資料篇に「浮世絵目録」が掲載されており、これにほぼ百枚の浮世絵が記載されているが、「書簡や、知己の回想によれば、生前賢治は多数の浮世絵を収集していたと言われるが、現在宮沢家に残されている数は、必ずしも多くはない。また、絵の状態も良いものは少ない。生前に、その多くが知己に贈られたためであろうか」と注されている。

自己の収入あるいは資産の範囲で絵画を購入、蒐集したり、多数のレコードや高価な音響装置を購入することは欲がふかいとはいわない。しかし、宮沢賢治はこれらの浮世絵やレコードを自ら稼いだ金で買ったわけではない。父親にねだって貰った金で買ったのである。分不相応な希望を手段を選ばずかなえることは欲がふかいと私は考える。

この点でも上記三行の夢違観音を思わせるような人格は、現実の宮沢賢治とは大いに違っている。この人格は、こうありたい、という宮沢賢治の欲望と解さなければならない。

そこで、続く五行は後に論じることとし、一〇行目以下の四行を読むことにする。

アラユルコトヲ
ジブンヲカンジョウニ入レズニ
ヨクミキキシワカリ
ソシテワスレズ

ここでは宮沢賢治は彼が具えていたい才能への願望を語っている。あらゆることを、自分の利害得失を考慮することなく、良く見、良く聞き、良く理解し、しかもこうした見聞きし、理解したことを忘れることのない、そういう才能を宮沢賢治は願望しているのである。

精密に事物を観察し、他人の言うことに忠実に耳を傾け、事物や他人の発言を正確に理解し、そのさい、当然、判断がなされるにちがいないのだが、その判断にさいしては自分の利害得失は考慮することがなく、こうして観察し、耳を傾け、理解し、判断したことを忘れることのない、そういう能力を身につけていたい、と宮沢賢治は願望する。

このような稀有の才能を具えた人物が世に存在するだろうか。これほどに正確に他人や事物の本質を見抜くことができるなら、かえって不幸になるかもしれない。

それでも、病床の宮沢賢治はそういう才能を具えた人物でありたいと願望した。こうした人物は、一言二言会話しただけで、褒められ、敬意を払われるにちがいない。デクノボーとはまったく正反対の極にある人間像への願望である。

この四行だけをみても、「雨ニモマケズ」が、宮沢賢治がいだいたさまざまな願望を思いつくままに書きつらねたものであり、決してデクノボーに収斂される一個の理想像を描いた作品ではないことが理解されるはずである。

※

ここで「雨ニモマケズ」では一転、どういう生活を送りたいか、ということについての願望を語っている。まず、住居である。

野原ノ松ノ林ノ蔭ノ
小サナ萓ブキノ小屋ニヰテ

これはむしろ戦後、高村光太郎が独居自炊した当時の名称でいう太田村山口の山小屋に近い。宮沢賢治が農学校教諭を辞して後、独居自炊した花巻の下根子桜の宮沢家の別荘は、いまは花巻高校の敷地内に移築されていると聞いたが、「小サナ萓ブキノ小屋」とは程遠い、広壮な二階建の家屋であった。北上川を臨む高台にひろがるゆったりした土地に家屋は建っていた。私がかつて訪れたときは、すでに家屋は移築され、高村光太郎の書になる「雨ニモマケズ」の詩碑が立っていた。当初、高村光太郎が書いたものには脱字があり、後に書き入れた、詩碑として珍しいものである。高村光太郎は書に長じていたが、片仮名に関しては日本人で彼に及ぶ者はいないと私は信じている。そういう意味でも貴重な詩碑である。これも花巻高校に移されたと聞いているが、確かではない。

この桜の家屋が広壮であったから、羅須地人協会の会合を催したり、農民たちに施肥などを教えたりすることができた。また、独居したとはいえ、米、味噌などの食料品などは実家から調達したはずである。「小サナ萓ブキノ小屋」で生活したい、と願望したとき、宮沢賢治はすでに「農民芸術概論綱要」で説いたような思想とは絶縁したのである。たとえば、「農民芸術概論綱要」の「序論」は「われわれはいっしょにこれから何を論ずるか」と書きおこし、

おれたちはみな農民である　ずゐぶん忙がしくて仕事もつらい

とはじまり、第六行目に名高い

世界がぜんたい幸福にならないうちは個人の幸福はあり得ない

という宣言が記されている。「野原ノ松ノ林ノ蔭ノ／小サナ萓ブキノ小屋」に住み、生活する宮沢賢治の視界には、こうした農民は入ることはありえない。もっぱら彼個人がどういう資質でありたいか、どういう生活を送りたいか、を語っている。この願望は羅須地人協会や「農民芸術概論綱要」で実践しようとした彼の思想からの後退とみることは誤りであろうか。

このことはまた、父政次郎の庇護の下から出て自立することを意味したはずである。

私は本来、これら二行の次に

一日ニ玄米四合ト
味噌ト少シノ野菜ヲタベ

が続くべきだと考える。いうまでもなく、「雨ニモマケズ手帳」ではこの二行は

慾ハナク
決シテ瞋ラズ
イツモシヅカニワラッテヰル

の二行と

アラユルコトヲ
ジブンヲカンジョウニ入レズニ
ヨクミキキシワカリ
ソシテワスレズ

の間に記されているが、常識的には「小サナ萓ブキノ小屋ニヰテ」に続けるのが普通であると私は考える。この位置に移してはじめて彼が意図した生活の願望が理解できると思われる。宮沢賢治はその願望を次々と記していく間に、「一日ニ玄米四合ト／味噌ト少シノ野菜ヲタベ」の二行を書き落としてはならないと考え、まず、脳裏に浮かんできた順序でこの二行を書きこんだのであろう。私が指摘した位置に移した方がよほど文意が整うことは誰にも分るはずである。しかし、「雨ニモマケズ」では宮沢賢治が思いついた願望を思いつくがままに書きつけたものであった。

もちろん、「一日ニ玄米四合ト／味噌ト少シノ野菜ヲタベ」るだけでは栄養が不足することは宮沢賢治も理解していたと私は考える。油脂類はともかく大豆等による蛋白質の摂取を考えたのであろう。しかし、ここで彼が強調したかったことは、桜の広壮な別荘から萓ぶきの小屋に移ることと同様、父親の政次郎家の恵まれた食事との絶縁であった。ヴェジタリアンの彼は、かりに牛肉、豚肉あるいは魚肉が食卓に載ることがあっても、それらには手をつけなかったろう。それでも味噌汁あるいはすまし汁に各種の漬物に豊富な野菜を調理した食物が並んでいたであろう。「一日ニ玄米四合ト／味噌ト少シノ野菜」という表現は宮沢家におけるような贅沢な食事はしまいという願望の誇張した表現とみるべきである。ただし、宮沢賢治が稲作をし、味噌を作ったことはないはずだから、玄米も味噌も父政治郎家に依存することを予定していたにちがいない。

しかし、私は「雨ニモマケズ」はたまたま一九三一（昭和六）年一一月三日における宮沢賢治がいだいたさまざまな願望を列挙した作であり、こうした思想を当時つねに彼が抱いていたとは考えない。極端にいえば、一一月三日、その日限りの願望だったかもしれないのである。

たとえば、「雨ニモマケズ手帳」の数頁前には次の句が記されている。

一塵をも〈末法中に〉点じ
許されては　父母の下僕となりて
その億千の恩にも酬へ得ん
病苦必死のねがひ
〈たゞ〉この外になし

宮沢賢治は父政次郎の庇護から抜けだす願望を「雨ニモマケズ」に記しても、孝養を忘れる人ではなかった。

また、この夏の少し後には

父母を次とし

近縁を三とし
〈社会〉農村を
最后の目標として

只　猛進せよ
利による友、快楽
を同じくする友尽く
之を遠離せよ

と記している。

私は「雨ニモマケズ」で宮沢賢治はひたすら数々の彼の願望を記しながら、彼個人がこうありたい、こうしたい、といったことを語り、農民が視野に入っていない、と記し、これは羅須地人協会ないし「農民芸術概論綱要」の思想からの後退であると記したが、これも一一月三日に記した「雨ニモマケズ」中でそういう願望を記したということであり、当時の彼がつねにそうだったわけではない。私はごく若いころ、「雨ニモマケズ」は宮沢賢治がふと書き落とした過失のように思われる、という趣旨の文章を書いた記憶があるが、いまあらためて、「雨ニモマケズ」は過失によってというより、ある日、ある時刻の思いつきで書き遺されたのではないか、という感を深くする。

※

さて、「雨ニモマケズ」の後半、野原の松の林の蔭の小さな萱ぶきの小屋で生活して、宮沢賢治は何をしたいと願望したか。

東ニ病気ノコドモアレバ
行ッテ看病シテヤリ
西ニツカレタ母アレバ
行ッテソノ稲ノ束ヲ負ヒ
南ニ死ニサウナ人アレバ
行ッテコハガラナクテモイヽトイヒ
北ニケンクヮヤソショウガアレバ
ツマラナイカラヤメロトイヒ

という。肥料設計等により窮乏した農民の生活を改善しようとか、「農民芸術概論綱要」にみられる

芸術をもてあの灰色の労働を燃せ
ここにはわれら不断の潔く楽しい創造がある
都人よ　来ってわれらに交れ　世界よ　他意なきわれらを容れよ

といった壮大な理想は語っていない。ちまちました親切をしようという願望がみられるだけである。

東ニ病気ノコドモアレバ
行ッテ看病シテヤリ
西ニツカレタ母アレバ
行ッテソノ稲ノ束ヲ負ヒ

というような親切をすれば、農村の人目に立つにきまっているし、必ず褒められるだろう。「ホメラレモセズ」にこうした親切はできない。
ここで付け加えれば「クニモサレズ」とはどういう意味だろうか。

「苦にする」の意味を辞典で調べると、『日本国語大辞典』は「ひじょうに気にかけて心配する、たいへん思いなやむ」と語意を示し、『三省堂国語辞典』は「気にして思いなやむ」と解し、『新明解国語辞典』は「気にして悩む」と解し、『広辞苑』は「気にかけて、苦しむ。悩む。また不得意として苦労する」と解している。

病気の子供を看病してあげることも、家族にとっては余計なことであり、傍目を気にして悩むことになるかもしれない。疲れた母の代りに稲の束を背負うことも、その子息からみれば余計なことであり、そういう親切をうけることを気にして悩む可能性が高い。それとも病気の子供は孤児であり、疲れた母は寡婦であるか。こうした親切は褒められるし、ばあいにより苦にされるであろう。

「南ニ死ニサウナ人アレバ／行ッテコハガラナクテモイ、トイヒ」に私は大いに反発を感じる。人誰しも死は怖い。宮沢賢治のような篤い法華経の信者であれば、あるいは死も極楽往生ときまっていて怖くはないかもしれない。しかし、死は怖い。人間でなくても豚でも怖い。そのことを宮沢賢治は「フランドン農学校の豚」でいきいきと現実感をもって描いている。フランドン農学校は花巻農学校をモデルにしているのかもしれないし、彼自身、豚を殺す場面に立ち会っていたかもしれない。ここで、家畜撲殺同意調印法という法令により、「誰でも、家畜を殺さうといふものは、その家畜から死亡承諾書を受け取ること、又その承諾証書には家畜の調印を要する」旨が布告されていた。この承諾書は「私儀永々御恩顧の次第に有之《これあり》候儘、御都合により、何時にても死亡仕るべく候」という文面であり、豚は次のような言葉を校長から聞かされる。

「つまりお前はどうせ死ななけぁいかないからその死ぬときはもう潔く、いつでも死にますと斯う云ふことで、一向何でもないことさ。死ななくてもいゝうちは、一向死ぬことも要らないよ。こゝの処へたゞちょっとお前の前肢の爪印を、一つ押して貰ひたい。それだけのことだ。」

一瀉千里に校長からこうまくしかけられた豚の煩悶が次のとおり記されている。

「豚は眉を寄せて、つきつけられた証書を、じっとしばらく眺めてゐた。校長の云ふ通りなら、何でもないがつくづくと証書の文句を読んで見ると、まったく大へんに恐かった。たうとう豚はこらへかねてまるで泣声でかう云った。

「何時にてもといふことは、今日でもといふことですか。」

校長はぎくっとしたが気をとりなほしてかう云った。

「まあさうだ。けれども今日だなんて、そんなことは決してないよ。」

「でも明日でもといふんでせう。」

「さあ、明日なんていふやうそんな急でもないだらう。いつでも、いつかといふやうな、ごくあいまいなことなんだ。」

「死亡をするといふことは私が一人で死ぬのですか。」豚は又金切声で斯うきいた。

「うん、すっかりさうでもないな。」

「いやです、いやです、そんならいやです。どうしてもいやです。」豚は泣いて叫んだ。

「いやかい。それでは仕方ない。お前もあんまり恩知らずだ。犬猫にさへ劣ったやつだ。」校長はぷんぷん怒り、顔をまっ赤にしてしまひ証書をポケットに手早くしまひ、大股に小屋を出て行った。」

死が怖い豚は眠れないので肉が落ちてしまうが、強制的に飼料を口に入れられ、死亡承諾書をとられ、やがて死の前日となる。

「豚が又畜舎へ入ったら、敷藁がきれいに代へてあった。寒さはからだを刺すやうだ。それに今朝からまだ何も食べないので、胃ももうからになったらしく、あらしのようにゴウゴウ鳴った。

豚はもう眼もあけず頭がしんしん鳴り出した。ヨークシャイヤの一生の間のいろいろな恐ろしい記憶が、まるきり廻り燈籠のやうに、明るくなったり暗くなったり、頭の中を過ぎて行く。さまざまな恐ろしい物音を聞く。それは豚の外で鳴ってるのか、あるいは豚の中で鳴ってるのか、それさへわからなくなった。そのうちもういつか朝になり教舎の方で鐘が鳴る。間もなくがやがや声がして、生徒が沢山やって来た。助手もやっぱりやって来た。

「外でやらうか。外の方がやはりいゝやうだ。連れ出して呉れ。おい、連れ出してあんまりギーギー云はせないやうにね。まづくなるから。」

畜産の教師がいつの間にか、ふだんとちがった茶いろのガウンのようなものを着て入口の戸に立ってゐた。

助手がまじめに入って来る。

「いかゞですか。天気も大変い、やうです。今日少しご散歩なすっては。」又一つ鞭をピチッとあてた。豚は全く異議もなく、はあはあ頬をふくらせて、ぐたっぐたっと歩き出す」

やがて豚の死の描写に移るのだが、引用の必要を認めない。

「フランドン農学校の豚」は、たとえば「なめとこ山の熊」で小十郎に殺される熊に対し宮沢賢治が感じていたいたましさと同じ、殺される豚に対するいたましさが主題をなしている。これがヴェジタリアンとしての作者の思想の表現であることは疑いない。ただ、この作品には、サディスティックと思われるほどに、豚の死に対する恐怖が描かれている。死は怖い、ということをこれほどに迫真力をもって描いた作品は彼の作品にも類をみない。臨終を間近にした者が死を怖がることを作者は充分に承知していた。

　　南ニ死ニサウナ人アレバ
　　行ッテコハガラナクテモイヽトイヒ

は作者がその作品に表現した認識を裏切っている。これは死は怖しいと知っているからこそ、「コワガラナクテモイ、」と告げてやりたいという思いやりの願望であったかもしれない。あるいは、気休めにすぎなくても、せめて怖がらなくてもいい、と言ってやりたいという気持だったのかもしれない。しかし、死を迎えようという人に向って、怖がらなくてもいい、と言うことは、余計なお世話だ、と周囲の人々に思われるだろう。いずれにせよ、デクノボーの口にする言葉ではない。

※

北ニケンクヮヤソショウガアレバ
ツマラナイカラヤメロトイヒ

もまた余計なお世話である。喧嘩や訴訟をしている当事者にはそれぞれ喧嘩をしなければならない、訴訟で争わなければならない事情がある。そうした事情あるいは心情を解することなく、つまらないからやめろ、と忠告するのは余計なお世話であるばかりか、傲慢とも思われる。つまり一人よがりなのである。

これもデクノボーの口出しするようなことではない。

そこで、デクノボーとはどういう意味か、一応国語辞典にあたることとする。

「役に立たない者。役立たずをののしっていう語」と『日本国語大辞典』は語意を示している。「そこにいるだけでまったく役に立たない人。(ののしることば)」と『三省堂国語辞典』は示し、『広辞苑』は「役に立たない人、また、機転がきかない人をののしっていう言葉」という。役立たずの者への罵り言葉というのが通例のようである。特異なのは、例により『新明解国語辞典』で、これには「人の言う通りに動くだけで、自主的には何事をも為し得ぬ人」という。

喧嘩や訴訟があれば、つまらないからやめろというのは役立たずの者のいう忠告ではないし、自主的に行動しない者の発言でもない。

「雨ニモマケズ」はじつに矛盾した、願望を並べ立てている。おそらくこれは宮沢賢治の脳裏に浮んだ願望を次々に書きつらねたためと思われる。

※

そこで結びの七行を読む。

ヒデリノトキハナミダヲナガシ
サムサノナツハオロオロアルキ
ミンナニデクノボートヨバレ

ホメラレモセズ
クニモサレズ
サウイフモノニ
ワタシハナリタイ

旱害にさいし、手をつかねてただ涙をながすだけ、冷害にさいしてただおろおろ歩くだけ、というのは普通にみられた東北の貧しい農民の行動である。ここには農民のために粉骨砕身、決して健康とはいえない体躯を酷使して、農民のために尽くした宮沢賢治はいない。「もうはたらくな」と始まる作品一〇八八が『春と修羅』第三集に収められている。農地改良のため東北砕石工場で、炭酸石灰という石灰岩抹を売り歩いた宮沢賢治はいない。

この半月の曇天と
今朝のはげしい雷雨のために
おれが肥料を設計し
責任のあるみんなの稲が
次から次と倒れたのだ

稲が次々倒れたのだ

右が第三行以下の六行である。

さあ一ぺん帰って
測候所へ電話をかけ
すっかりぬれる支度をし
頭を堅く縛って出て
青ざめてこはばったたくさんの顔に
一人づつぶっつかって
火のついたやうにはげまして行け
どんな手段を用ゐても
弁償すると答へてあるけ

右は末尾九行である。宮沢賢治は彼が肥料設計した稲が雷雨などのため倒れたことに責任を感じている。たんに責任を感じているだけでなく、倒れた稲の損失を「弁償」すると言って歩く、と自らに言い聞かせているのである。たんに施肥の指導をしただけで、天候に左右される稲作の結果についていかなる責任も生じることはありえない。しかも、「弁償」しなければすまないほどに、宮沢賢治は農民たちから責められていたのであろう。彼が善意の結果に得たものはこうした辛い体験であった。

旱害のときにはたんに涙をながすだけ、冷害のときはたんにおろおろ歩くだけの、まるで自主性を持たないデクノボーのような存在であれば、褒められもしないにしても、責められもしないこととなる。宮沢賢治が「雨ニモマケズ」の最後に記した願望は自主性をもたない凡庸な農民となることであった。これは羅須地人協会の理想主義からの後退であり、理想主義破綻の自覚である。

最後に、宮沢賢治が「サウイフモノニ／ワタシハナリタイ」といった「さういう者」は直接的には「デクノボー」とよばれるような、役立たずと罵られ、自主的に行動しない者を意味し、それはその直前の「ヒデリノトキハナミダヲナガシ／サムサノナツハオロオロアルキ」と描かれた農民像がもっとも色濃く影を落としていると考える。とはいえ、ここに彼は病床で夢みたさまざまな願望を記した。その総体として、この日の彼は存在した。

私には「雨ニモマケズ」はじつに悲しい作品であると思われる。

『春と修羅』

わが国の近現代詩を代表する作品をあげるとすれば、私は宮沢賢治の作品、『春と修羅』第二集、第三集は後に考えるとして、『春と修羅』中の「永訣の朝」「無声慟哭」「原体剣舞連」を真っ先にあげることにいささかも躊躇しないであろう。「永訣の朝」「無声慟哭」と同じく、妹トシの臨終の日付をもつ作「松の針」はこれら二作ほどの感銘はないが、やはり絶唱というべきであり、冗長の感があるとはいえやはり妹トシの挽歌「青森挽歌」、それに表題作「春と修羅」も絶唱にかぞえてよいと考える。ただし「無声慟哭」について後に述べるような疑問をもっていることをあらかじめことわっておく。

それにしても、トシ臨終のさいの作の緊迫した心情、はりつめた声調、的確な情景描写など、まさに宮沢賢治が詩人として天賦の稀有の才能をもっていたことを明らかにしているし、「原体剣舞連」にみられる土俗的民衆のエネルギーとこれに呼応する dah-dah-dah-dah-dah-sko-dah-dah の囃子のリズムは、この作の題名に付された mental sketch modified の句が示すように、作者の内心の「修羅」の「いかりのにがさまた青さ」と対応しているにちがいない。これも宮沢賢治という天才ならではの作であることは疑いない。

※

宮沢賢治が天才的詩人であり、いくつかの絶唱ともいうべき作品を遺したことは知られているとおりであり、いま私はその解説をしようとは思わない。しかし、『春と修羅』という詩集を通読し、私はごく少数の作品を除き、いかなる感興も覚えない作品でこの詩集が占められていることに驚いている、といってよい。

冒頭の初期作品を二、三篇読むことにする。

七つ森のこつちのひとつが
水の中よりもつと明るく
そしてたいへん巨きいのに
わたくしはでこぼこ凍つたみちをふみ
このでこぼこの雪をふみ
向ふの縮れた亜鉛の雲へ
陰気な郵便脚夫のやうに

（またアラツデイン　洋燈《ラムプ》とり）
急がなければならないのか

「屈折率」と題する、この巻頭の作は、私なりに解釈すれば、明るく巨きな七つ森の一つを背に、でこぼこの凍った雪道を、亜鉛色の雲を目指して、急いでいるのだが、それは屈折率のはたらきで、自分が屈折させられたのだ、ということかもしれない。別の解釈も当然ありうると思うが、この作が一人よがりの作であることは否定できまい。詩の内容も、詩情のふくらみもここには欠けている。

次の「くらかけの雪」はどうか。

たよりになるのは
くらかけつづきの雪ばかり
野はらもはやしも
ぽしやぽしやしたり黝《くす》んだりして
すこしもあてにならないので
ほんたうにそんな酵母のふうの
朧ろなふぶきですけれども

ほのかなのぞみを送るのは
くらかけ山の雪ばかり
（ひとつの古風な信仰です）

くらかけ山の雪の雪明りだけが雪道のたよりだ、というだけのことのようにみえる。末尾は、昔から人間はそんな雪明りをたよりに雪道を歩いてきたのだ、といった意味であろうか。修辞にみるべきところはあるが、また、作者本人にとっては切実な感情かもしれないが、内容が乏しい。末尾の一行も蛇足のようである。そんなことは作者自身がよく知っていたにちがいない。
ついでにもう一篇、巻頭から三篇目の作「日輪と太市」である。

日は今日は小さな天の銀盤で
雲がその面を
どんどん侵してかけてゐる
吹雪《フキ》も光りだしたので
太市は毛布《けつと》の赤いズボンをはいた

日がかげり、吹雪がふりだしたので、太市が毛布のズボンをはいた、というだけの作である。ああ、そうですか、という以上の感想をもつことはできない。太陽が「銀盤」といった譬喩に興味をもたない限り、何の取得もない。「太市」は作者にとっては具体的な人物かもしれないが、読者にとっては一農夫以上の何物でもない。「太市」でなければならない必然性がない。太市は風景の中の一要素にすぎない。

いったい『春と修羅』全篇をつうじ、感興に乏しい作が多いのは、作者と妹トシを除き、人間が描かれていないことにあるように思われる。たとえば中原中也の詩の大半は長谷川泰子に対する愛情と未練だといったら言いすぎだろうか。成人した男女間をふくむ、人間関係、家庭環境、社会のしがらみの中で私たちは生きている。こうした人間生活の情況は童話の世界では描かれない。『春と修羅』における宮沢賢治は人間を風景の中の一要素としてしかその詩の中で描かなかった。これは彼が童話しか書かなかった資質と関係するかもしれない。

やはり初期の作品「ぬすびと」を読む。

青じろい骸骨星座のよあけがた
凍えた泥の乱反射をわたり
店さきにひとつ置かれた

提婆のかめをぬすんだもの
にはかにもその長く黒い脚をやめ
二つの耳に二つの手をあて
電線のオルゴールを聴く

盗賊のまったく奇異な行動を叙述しているのだが、この盗賊はまったく抽象的ないし幻想的であって、まったく具象性をもたないし、作者がどういう興味からこうした作品を書いたのかも分らない。宮沢賢治にもこのような駄作があるのだと思えば、それでよいといえるし、駄作とはいえ、「くらかけの雪」などには私は愛着がないわけではない。

※

しかし、小品ならともかく二三〇行を越す大作「真空溶媒」のような作品のばあい、このような動機、発想からこうした詩を構築し、何を読者に伝えたいと考えたのか、私は途方にくれるばかりである。いうまでもなく、この詩にはEine Phantasie im Morgenと題名に付記しているから、あくまで朝の幻想として読まなければならない、現実の体験を作者は語っているわけではない、と心得ておかなければならない。
まず冒頭を読む。

融銅はまだ眩《くら》めかず
白いハロウも燃えたたず
地平線ばかり明るくなつたり陰《かげ》つたり
はんぶん溶けたり澱んだり
しきりにさつきからゆれてゐる

朝の風景である。地平線が明るくなったり、陰ったり、溶けたり、澱んだりするのも、作者のいうとおりだと信じて読みすすむ。

おれは新らしくてパリパリの
銀杏《いてふ》なみきをくぐつてゆく
その一本の水平なえだに
りつぱな硝子のわかものが

もうたいてい三角にかはつて
そらをすきとほしてぶらさがつてゐる
けれどもこれはもちろん
そんなにふしぎなことでもない
おれはやつぱり口笛をふいて
大またにあるいてゆくだけだ

硝子の若者が三角に変って空を透き通してぶら下がっている、とはずいぶんと恣意的な造形なのだが、幻想だというなら、そのままうけとる他はない。作中の「おれ」は歩き続ける。その途次は七行省く。

こんなにはかに木がなくなつて
眩ゆい芝生がいつぱいいつぱいにひらけるのは
さうとも　銀杏並樹なら
もう二哩もうしろになり
野の緑青の縞のなかで
あさの練兵をやつてゐる

うらうら湧きあがる味爽《まいさう》のよろこび
氷ひばりも啼いてゐる

「氷ひばり」という言葉からも私たち読者も幻想の世界に遊んでいるのだと承知しなければならない。やがて、雪がぽっかり静かに浮かび、地平線がしきりに揺すれて

むかふを鼻のあかい灰いろの紳士が
うまぐらゐあるまつ白な犬をつれて
あるいてゐることはじつに明らかだ
（やあ　こんにちは）
（いや　い、おてんきですな）
（どちらへ　ごさんぽですか
なるほど　ふんふん　ときにさくじつ
ゾンネンタールが没《な》くなつたさうですが
おききでしたか）
（い、え　ちつとも

ゾンネンタールと　はてな）
（りんごが中《あた》つたのださうです）
（りんご　ああ　なるほど
それはあすこにみえるりんごでせう）
はるかに湛へる花紺青の地面から
その金いろの苹果《りんご》の樹が
もくりもくりと延びだしてゐる
（金皮のまゝたべたのです）
（そいつはおきのどくでした
はやく王水をのませたらよかつたでせう）
（王水　口をわつてですか
ふんふん　なるほど）
（いや王水はいけません
やつぱりいけません
死ぬよりしかたなかつたでせう
うんめいですな

せつりですな
あなたとはご親類ででもいらつしやいますか)
(えゝえゝ　もうごくごく遠いしんるゐで)
いつたいなにをふざけてゐるのだ
みろ　その馬ぐらゐあつた白犬が
はるかのはるかのむかふへ遁げてしまつて
いまではやつと南京鼠《なんきんねずみ》のくらゐにしか見えない

作者は遊んでいる。作者はふざけている。読者はその遊び、ふざけにつきあわなければならない。物語の進展を見届けなければならない。紳士は高価な犬を追いかけていく。

苹果《りんご》の樹がむやみにふえた
おまけにのびた
おれなどは石炭紀の鱗木《りんぼく》のしたの
ただいつぴきの蟻でしかない

犬も紳士もよくはしつたもんだ
東のそらが苹果林のあしなみに
いつぱい琥珀をはつてゐる
そこからかすかな苦扁桃《くへんたう》の匂がくる
すつかり荒《す》さんだひるまになつた

「おれ」も幻想の風景の中を歩いている間に夜はすっかり明け昼が訪れている。

雲はみんなリチウムの紅い焔をあげる
それからけはしいひかりのゆきき
くさはみな褐藻類にかはられた
こここそわびしい雲の焼け野原
風のヂグザグや黄いろの渦
そらがせはしくひるがへる
なんといふとげとげしたさびしさだ

作者は幻想の風景を思うままに展開している。その自在で豊かな自然科学的知識に裏づけられた言葉にちりばめられた風景に読者も遊ばなければならない。ここで第二の出会いがおこる。

（どうなさいました　牧師さん）

と呼びかけられているのは「おれ」が牧師と間違われたのか。あるいは「おれ」は牧師なのか。

（ご病気ですか
たいへんお顔いろがわるいやうです）
（いやありがたう
べつだんどうもありません
あなたはどなたですか）
（わたくしは保安掛りです）

保安掛りから行き倒れがあった、と聞く。それが赤い鼻の紳士であると教えられ、犬はつかまったかと訊ねると、もう十五哩もむこうでしょうと聞き、紳士は「ちよつと黄いろな時間だけの仮死」だから、「露がおりればなほります」と保安掛りが答える。その間に風が出たようである。

まつたくひどいかぜだ
たふれてしまひさうだ
沙漠でくされた駝鳥の卵
たしかに硫化水素ははひつてゐるし
ほかに無水亜硫酸
つまりこれはそらからの瓦斯の気流に二つある
しようとつして渦になつて硫黄華ができる

「おれ」は硫黄華にあてられて気を失ったらしい。保安掛りは

（しつかりなさい　しつかり
もしもし　しつかりなさい
たうとう参つてしまつたな
たしかにまゐつた

そんならひとつお時計をちやうだいしますかな）
おれのかくしに手を入れるのは
なにがいつたい保安掛りだ

とんだ保安掛りである。しかし、やがて水が落ち、悪い瓦斯が溶ける。

（しつかりなさい　しつかり
もう大丈夫です）
何が大丈夫だ　おれははね起きる
（だまれ　きさま
黄いろな時間の追剝め
飄然たるテナルデイ軍曹だ
きさま
あんまりひとをばかにするな
保安掛りとはなんだ　きさま）
い丶気味だ　ひどくしよげてしまつた

ちゞまつてしまつたちひさくなつてしまつた
　ひかりびてしまつた

保安掛りは『レ・ミゼラブル』登場人物テナルディ軍曹に変身、しょげかえり、結局小さくなり、ひからびてしまう。保安掛りの背嚢には蟹の缶詰、陸稲の種子の一袋、大きな靴の片っ方、赤鼻紳士の金鎖。ここで保安掛りとの交渉が終る。

　どうでもいゝ　実にいゝ空気だ
　ほんたうに液体のやうな空気だ

やがて次のとおり展開する。

　虹彩はあはく変化はゆるやか
　いまは一むらの軽い湯気になり
　零下二千度の真空溶媒のなかに
　すつととられて消えてしまふ

それどこでない　おれのステツキは
いつたいどこへ行つたのだ
上着もいつかなくなつてゐる
チヨツキはたつたいま消えて行つた
恐るべくかなしむべき真空溶媒は
こんどはおれに働きだした

ここでようやく題名の意味が説明される。零下二千度の真空状態においてすべてが消失する、幻想を作者は描いているわけである。ここで「おれ」は赤鼻紳士と再会し、長い問答が続く。

（いやあ　奇遇ですな）
（おお　赤鼻紳士
たうとう犬がおつかまりでしたな）
（ありがたう　しかるに
あなたは一体どうなすつたのです）
（上着をなくして大へん寒いのです）

（なるほど　はてな
あなたの上着はそれでせう）
（どれですか）
（あなたが着ておいでになるその上着）
（なるほど　ははあ
真空のちよつとした奇術《ツリツク》ですな）
（えゝ　さうですとも
ところがどうもをかしい
それはわたしの金鎖ですがね）
（えゝどうせその泥炭の保安掛りの作用です）
（ははあ　泥炭のちよつとした奇術《ツリツク》ですな）
（さうですとも
犬があんまりくしやみをしますが大丈夫ですか）
（なあにいつものことです）
（大きなもんですな）
（これは北極犬です）

（馬の代りには使へないんですか）
（使へますとも　どうです
お召しなさいませんか）
（どうもありがたう
そんなら拝借しますかな）
（さあどうぞ）
おれはたしかに
その北極犬のせなかにまたがり
犬神のやうに東へ歩き出す
まばゆい緑のしばくさだ
おれたちの影は青い沙漠旅行
そしてそこはさつきの銀杏の並樹
こんな華奢な水平な枝に
硝子のりつぱなわかものが
すつかり三角になつてぶらさがる

こうしてこの長篇詩は終る。朝の幻想、と作者が注しているとおり、作者は幻想の世界に恣まに遊んでいる。ふざけている。譬喩があるわけではない。この幻想の世界の旅行に同行して作者の遊び、ふざけを共に愉しむならそれなりの感興があるかもしれない。たしかにこんな詩を書いた詩人は宮沢賢治以外にいない。彼の独自の個性的な作品である。その独特の世界の構築を評価する人々が存在しても、私はふしぎとは思わない。

ただこの詩が読者に与える感興はいかにも淡く、浅い。いかに幻想とはいえ、赤鼻紳士も保安掛りも「おれ」も、みな現実感がない。ここには人間の愛憎もなければ、血のかよった人間の感情が欠けている。私はこの詩からいかなる感銘、感動も受けない。『春と修羅』の絶唱というべき少数の作品を除く多くの詩のもつ欠点は、人間不在と私は考えているが、これがその一例である。だが、くりかえしていえば、これも宮沢賢治がはじめて創造した詩の新しい世界であることまで私は否定しているわけではない。

※

「小岩井農場」はわが国でおそらく最初の西欧式経営による農場を訪ねた作者の心にうかぶ思いと眼に映る風景との次々に変化する情況を克明に記録した長篇詩である。作者の若々しい感性がとらえた心のときめきと野外の風景の微妙な展開は、たしかにわが国の近代詩にそれまで存在しなかった爽やかな野外の新風を吹きこんだ、目新しい作品であり、都会の一隅の室内で書かれた抒情詩とはまったく異なる詩がありうることを示したという意味で、また瑞々しい心と眼差にあふれているという意味で、画期的な作品と評価するに値するであろう。

しかし、こうした作者の心の動きや風景の変化の克明な叙述は、作者自身にとっては新鮮であっても、小岩井農場に格別の関心のない読者にとっては、かなりに退屈であり、読み通すのに忍耐を強いられる。作者が面白がっているほど読者には面白くない。いわばこの長篇詩は作者の一人よがりという感がある。ただ、この作品の「パート九」にきわめて重要と思われる思想が語られている。この思想については後に考えることとする。この点を除けば、この作品は作者の独語にひとしく、他者との対話、対立がなく、結局において人生と渉るところがない。

※

「東岩手火山」も二〇〇行を越す大作である。この作より前、作者は「岩手山」と題する四行詩を収めている。

そらの散乱反射のなかに
古ぼけて黒くゑぐるもの
ひかりの微塵系列の底に
きたなくしろく澱むもの

岩手山はその美しい山容で知られていると思われるが、この岩手山はそうした山容をうたっていない。古ぼけて空を抉る存在であり、光の中にきたなく白く澱むもの、と描いている。恰かも作者の心象風景のように、わだかまり、空と光をさえぎっている。この独自な視点がこの小品を一読忘れがたい名作としている、と私は考える。

この岩手山は東岩手火山と西岩手火山との二つの山から成るという。この東岩手火山をおそらく農学校の生徒数十名を引率して登山したときの作がこの大作「東岩手火山」である。四行詩「岩手山」が極度に凝縮され、逼迫した声調で書かれているのに反し、大作「東岩手火山」は、時に観光ガイドの説明のように、時に登山者の登山記録のように、まじりあいながら、ゆっくりと筆を走らせている。

月は水銀　後夜の喪主
火山礫は夜の沈澱

とはじまるこの二行は記録の冒頭、水銀のように月が輝き、火山礫が散乱する山麓から朝まだきに出発したのであろう。十行ほどを省いて

あすこのてつぺんが絶頂です
向ふの?
向ふのは御室火口です
これから外輪山をめぐるのですけれども
いまはまだなんにも見えませんから
もすこし明るくなつてからにしませう
え丶　太陽が出なくても
あかるくなつて
西岩手火山のはうの火口湖やなにか
見えるやうにさへなればいいんです
お日さまはあすこらへんで拝みます))

作者は生徒のためのガイドである。ここでガイドの説明が終り、作者の観察と感想が入る。

黒い絶頂の右肩と
そのときのまつ赤な太陽
わたくしは見てゐる
あんまり真赤な幻想の太陽だ

作者は日の出を見る。真っ赤な太陽は幻想的である。夜明けまでまだ時間がある。

（（いまなん時です
三時四十分？
ちやうど一時間
いや四十分ありますから
寒いひとは提灯でも持つて
この岩のかげに居てください））

まだ日の出にはかなり時間がある。生徒の質問とそれに対する答えが続く。

　ああ　暗い雲の海だ
〈〈向ふの黒いのはたしかに早池峰です
線になつて浮きあがつてるのは北上山地です
　うしろ？
　あれですか
あれは雲です　柔らかさうですね
雲が駒ケ岳に被さつたのです

次のような感想を生徒に語っている。

〈〈じつさいこんなことは稀なのです
わたくしはもう十何べんも来てゐますが
こんなにしづかで
そして暖かなことはなかつたのです

麓の谷の底よりも
さつきの九合の小屋よりも
却つて暖かなくらゐです
今夜のやうなしづかな晩は
つめたい空気は下へ沈んで
霜さへ降らせ
暖い空気は
上に浮んで来るのです
これが気温の逆転です））

生徒に教えていることはたぶん自然科学的真実なのだろう。「気温の逆転」という珍しい現象を語る作者は教師である。この後、星座について語り、

二十五日の月のあかりに照らされて
薬師火口の外輪山をあるくとき
わたくしは地球の華族である

やがて、

三つの提灯は夢の火口原の
白いとこまで降りてゐる
（中略）
提灯が三つ沈んでしまふ
そのでこぼこのまつ黒の線
すこしのかなしさ
けれどもこれはいつたいなんといふいゝことだ
大きな帽子をかぶり
ちぎれた繻子のマントを着て
薬師火口の外輪山の
しづかな月明を行くといふのは

長篇詩の結びに近づく。

海抜六千八百尺の
月明をかける鳥の声
鳥はいよいよしつかりとなき
私はゆつくりと踏み
月はいま二つに見える
やつぱり疲れからの乱視なのだ
かすかに光る火山塊の一つの面
オリオンは幻怪
月のまはりは熟した瑪瑙と葡萄
あくびと月光の動転
　（あんまりはねあるぐなぢやい
　汝《うな》ひとりだらいがべぁ
　子供等《わらしやど》連れでて目にあへば
　汝ひとりであすまないんだぢやい）
火口丘の上には天の川の小さな爆発

みんなのデカンシヨの声も聞える

「東岩手火山」の末尾を引用する。

東は淀み
提灯はもとの火口の上に立つ
また口笛を吹いてゐる
わたくしも戻る
わたくしの影を見たのか提灯も戻る
　（その影は鉄いろの背景の
　　ひとりの修羅に見える筈だ）
さう考へたのは間違ひらしい
とにかくあくびと影ぼふし
空のあの辺の星は微かな散点
すなはち空の模様がちがつてゐる
そして今度は月が塞《ちぢ》まる

「東岩手火山」は四行詩「岩手山」と違い、東岩手火山を描いた作品ではない。これが詩であるか、私は疑問をもつ。ここには生徒を連れて東岩手火山に登ったときの、その時々の会話が記録され、風景が記録されているが、人間がまったく記録されていない。まして社会関係における人間の愛憎や葛藤に由来する心情がうたわれていない。存在するのは「わたくし」だけである。他者が不在である。この他者不在ということが『春と修羅』中の多くの作品が退屈であり、感銘を与えない所以であろう。もちろん例外がないわけではない。一九二二年五月一〇日という日付をもつ初期の作品「雲の信号」は次のとおりである。

あゝいゝな　せいせいするな
風が吹くし
農具はぴかぴか光つてゐるし
山はぼんやり
岩頸だつて岩鐘だつて
みんな時間のないころのゆめをみてゐるのだ
　そのとき雲の信号は

もう青白い春の
　禁慾のそら高く掲げられてゐた
山はぼんやり
きつと四本杉には
今夜は雁もおりてくる

　ここには自然と一体感をもつ恍惚たる心情が素直にうたわれている。「禁慾のそら」という表記は「情慾のそら」という方が通常人の感覚と思われるが、「禁慾」という表現に宮沢賢治は執着しているにちがいない。
　私が「永訣の朝」などの絶唱に次いで愛するのは一九二三年一〇月一五日の日付をもつ「過去情炎」である。

截られた根から青じろい樹液がにじみ
あたらしい腐植のにほひを嗅ぎながら
きらびやかな雨あがりの中にはたらけば
わたくしは移住の清教徒《ピユリタン》です

じつにすがすがしく爽やかな冒頭である。

雲はぐらぐらゆれて馳けるし
梨の葉にはいちいち精巧な葉脈があつて
短果枝には雫がレンズになり
そらや木やすべての景象ををさめてゐる
わたくしがここを環に掘つてしまふあひだ
その雫が落ちないことをねがふ
なぜならいまこのちひさなアカシヤをとつたあとで
わたくしは鄭重《ていちょう》にかがんでそれに唇をあてる
えりをりのシヤツやぼろぼろの上着をきて
企らむやうに肩をはりながら
そつちをぬすみみてゐれば
ひじやうな悪漢《わるもの》にもみえようが
わたくしはゆるされるとおもふ

なにもかもみんなたよりなく
なにもかもみんなあてにならない
これらげんしやうのせかいのなかで
そのたよりない性質が
こんなきれいな露になつたり
いぢけたちひさなまゆみの木を
紅《べに》からやさしい月光いろまで
豪奢な織物に染めたりする

自然の変移の迅速さをとらえる一滴の滴にみる観察眼とその表現力にやはり作者の天才としか言いようのない巧みさをみる。

そんならもうアカシヤの木もほりとられたし
いまはまんぞくしてたうぐはをおき
わたくしは待つてゐたこひびとにあふやうに
鷹揚にわらつてその木のしたへゆくのだけれども

それはひとつの情炎だ
もう水いろの過去になつてゐる

情炎とは愛情のこもった情感の意であろう。そういう情炎も、たちまち過去のものとなる。時間のもたらす哀しみとともに消えるのである。こまやかな自然観察、自然にそそがれる愛情、失われゆく時間に対する哀惜が生んだ、これは傑作である。

※

さて『春と修羅』を論じるとすれば、「修羅」とは何か、をどうしても考えなければならない。この設問はまた「無声慟哭」中

ああ巨きな信のちからからことさらにはなれ
また純粋やちひさな徳性のかずをうしなひ
わたくしが青ぐらい修羅をあるいてゐるとき
おまへはじぶんにさだめられたみちを

ひとりさびしく往かうとするか

といい、また、

（（それでもからだくさえがべ？））
（（うんにゃ　いつかう））
ほんたうにそんなことはない
かへつてここはなつののはらの
ちひさな白い花の匂でいつぱいだから
ただわたくしはそれをいま言へないのだ
（わたくしは修羅をあるいてゐるのだから）
わたくしのかなしさうな眼をしてゐるのは
わたくしのふたつのこころをみつめてゐるためだ

という「修羅」とは何かであり、また「ふたつのこころ」とは何か、について回答を模索することに他ならない。地獄、餓鬼、畜生、修羅、人、天といわれる六道の人でなく、畜生でなく、その中間に

位置するものを修羅という。修羅とは人間の道をはずれた者をいう。ただ、宮沢賢治は、表題作「春と修羅」中

いかりのにがさまた青さ
四月の気層のひかりの底を
唾《つばき》し　はぎしりゆききする
おれはひとりの修羅なのだ

と、うたい、かさねて

ああかがやきの四月の底を
はぎしり燃えてゆききする
おれはひとりの修羅なのだ

という。修羅とは憤怒する存在である。社会通念の欺瞞や不正に憤怒するのは青春期の人間の特徴といってよい。宮沢賢治もさまざまな青春期の懊悩をかかえ、苦しんでいたにちがいない。青春期の懊

悩、惑乱とは、典型的には恋愛によって感じることになり、また、社会秩序の束縛によって触発される。宮沢賢治もまた、こうした青春期の懊悩、惑乱を体験したにちがいない。しかし、「春と修羅」の末尾に近く

（まことのことばはここになく
　修羅のなみだはつちにふる）

と書いている。宮沢賢治にとって修羅は、憤怒する存在であると同時に、「まことのことば」から離れて、涙する存在であり、「まことのことば」から離れていることをつねに後悔し、涙する存在なのである。

私は「小岩井農場・パート九」中の次の詩句に注目する。

もしも正しいねがひに燃えて
じぶんとひとと万象といつしよに
至上福祉にいたらうとする
それをある宗教情操とするならば
そのねがひから砕けまたは疲れ

じぶんとそれからたつたもひとつのたましひと
完全そして永久にどこまでもいつしよに行かうとする
この変態を恋愛といふ
そしてどこまでもその方向では
決して求め得られないその恋愛の本質的な部分を
むりにもごまかし求め得ようとする
この傾向を性慾といふ
すべてこれら漸移のなかのさまざまな過程に従つて
さまざまな眼に見えまた見えない生物の種類がある
この命題は可逆的にもまた正しく
わたくしにはあんまり恐ろしいことだ

右に引用した詩句の冒頭は、「農民芸術概論綱要」の「序論」における

世界がぜんたい幸福にならないうちは個人の幸福はあり得ない

といったのと同趣旨であろう。若い宮沢賢治は後年ほど断定的ではない。「ある宗教情操」としか言っていない。ここで「正しいねがひ」とは「まことのことば」と同義なのではないか。かりに図式化してみれば

正しい願いから砕け、または疲れること→もうひとつの魂と完全永久に一緒に行こうとすること＝恋愛→その本質的部分を求めること＝性慾

これを可逆的にいえば

→性慾＝恋愛の本質的部分を求めること→恋愛＝もうひとつの魂と完全永久に一緒になろうとすること→正しい願いから砕けまたは疲れること

宮沢賢治は恋愛＝性愛を怖れ、恋愛によって正しい願いから砕け、疲れることとなることを怖れている。

宮沢賢治も私たちと同様の青春期をもったと私は考える。新校本全集第十六巻（下）の年譜、一九三一（昭和六）年七月七日の項に森荘已池に「二、三冊の春本を出して見せ、K町K社に届けるよう依頼したほか、「禁欲は、けっきょく何にもなりませんでしたよ。その大きな反動がきて病気になったのです」」と語った旨の記事がある。浮世絵の蒐集に熱心であった以上、春本も購入、所持していたことは当然に予測できることであった。禁欲は結局何にもならなかったということは、性欲を遂げた時期があったということではないか。娼婦と交渉をもったこともそのごく若い時期にはあった

のではないか。ただ、「小岩井農場・パート九」を書いた時期、禁欲していたにせよ、してなかったにせよ、恋愛の本質的部分をむりにも得ようとするのが性欲であり、性欲と恋愛とは可逆的に結びついていることに彼は恐怖したのであった。それは彼が「恋愛」していた、どこまでも一緒に行こうとする女性を恋いこがれていたからだ、と考えざるをえない。

※

宮沢賢治の恋愛を考えるばあい、誰もが『春と修羅』の表題作、一九二二年四月八日の日付を付された「春と修羅」の約二〇日前、同年三月二〇日の日付を付された「恋と病熱」を想起するであろう。

けふはぼくのたましひは疾み
烏さへ正視ができない
　あいつはちやうどいまごろから
つめたい青銅《ブロンヅ》の病室で
　透明薔薇の火に燃される
ほんたうに　けれども妹よ

けふはぼくもあんまりひどいから
やなぎの花もとらない

この年、一九二二（大正一一）年一一月二七日、トシは二四歳で死去、同日付で「永訣の朝」「松の針」「無声慟哭」の三篇が創作されるより八カ月前、一九二二年五月二一日の日付を付された「小岩井農場・パート九」よりも二カ月前の作である。

ここで高熱に喘ぐ妹トシを気遣いながら、宮沢賢治は「ぼくのたましひは疾」んでいると言い、「あんまりひどい」と言い、「恋と病熱」と題している。宮沢賢治はトシに対し通常の兄妹愛以上の恋愛感情をいだいていることを告白している。もし「小岩井農場・パート九」に記した思想にしたがうとすれば、この恋愛感情の本質的部分は性欲を指向することになる。そこまで、この時点で思いつめていたかどうかは別として、この妹トシに対する愛情に彼は近親相姦的感情が絡みついているように感じていたのではないか。だから彼は、彼の心が疾んでいると感じたのではないか。つまり、「修羅」とは、もし近親相姦に至れば畜生道に堕ちることになるのだから、そこまで堕ちることなく、ふみとどまっている、通常の兄の妹に対する愛情を超えた、恋着を核とする彼の青春期の懊悩の表現なのではないか。

結論を急いではならない。一一月二七日、トシ臨終の日の三篇に続く作品を読む。トシへの挽歌は

ほぼ七カ月後、一九二三年六月三日の日付を付された「風林」に始まる。この作品中

（ああおらはあど死んでもい）
（おらも死んでもい）

という対話が記されている。前の発言はトシ、後の発言は作者にちがいない。いかに親しい妹への感情でも、自分も死んでもいい、とまでは烈しくない、後追い心中しかねないほどに強い兄妹愛で彼らは結ばれていた。

続く作は翌六月四日の日付をもつ「白い鳥」である。

二疋の大きな白い鳥が
鋭くかなしく啼きかはしながら
しめつた朝の日光を飛んでゐる
それはわたくしのいもうとだ
死んだわたくしのいもうとだ
兄が来たのであんなにかなしく啼いてゐる

（それは一応はまちがひだけれども
　まつたくまちがひとは言はれない）

また、この作中、次の四行がある。

どうしてそれらの鳥は二羽
そんなにかなしくきこえるか
それはじぶんにすくふちからをうしなつたとき
わたくしのいもうとをもうしなつた

この「じぶんにすくふちからを」失ったときは何を意味するのか。「恋と病熱」で自分が疾んでいる、と言ったのと同じことではないか。この句の解釈が難しいのは「いもうとをも」と言って、たんに「いもうとをうしなった」と言っていないからである。
　さらに次の詩句が収められている。

（日本武尊の新らしい御陵の前に

おきさきたちがうちふして嘆き
そこからたまたま千鳥が飛べば
それを尊のみたまとおもひ
蘆に足をも傷つけながら
海べをしたつて行かれたのだ）

手許の『新潮日本古典集成』所収の『古事記』には、該当する箇所のすこし前から引用すると、次のとおりである。

嬢子《をとめ》の　床《とこ》のべに
わが置きし　剣《つるぎ》の太刀《たち》　その太刀はや

歌ひ竟《を》ふるすなはち崩《かむあが》りましき。しかして、駅使《はゆまづかひ》を貢上《たてまつ》りき。ここに、倭に坐《いま》す后等《きさきたち》また御子等、もろもろ下り到りて、御陵《みはか》を作り、すなはちそこのなづき田に匍匐《は》ひ廻《もとほ》りて、哭《な》きて歌よみしたまひしく、

なづきの田の　稲《いな》がらに
稲がらに　匐ひ廻ろふ　野老蔓《ところづら》

ここに、八尋白ち鳥《やひろしろちとり》に化《な》りて、天《あめ》に翔《かけ》りて浜に向きて飛び行《いでま》しき。しかして、その后また御子等、その小竹《しの》の苅《か》り杙《くひ》に、足跳《き》り破れども、その痛きを忘れて、哭きて追はしき。

ここで宮沢賢治は白い鳥をトシになぞらえ、笹や芦に足を傷つけながら鳥を追う后らに自らをなぞらえて、引用している。これも通常の兄妹愛の域を越えている。

二五〇行を越す大作「青森挽歌」はトシの死後の作中、卓抜な作であり、冗長と思われるのだが、それでも、うねるように高く沈静に続く詩行が読みすすむにしたがい、作者の哀悼に私たち読者もひきこまれる。若干長い引用だが、この程度は読まないと、この詩の感銘を伝えることは難しいだろう。

かんがへださなければならないことは
どうしてもかんがへださなければならない
とし子はみんなが死ぬとなづける
そのやりかたを通つて行き
それからさきどこへ行つたかわからない
それはおれたちの空間の方向ではかられない
感ぜられない方向を感じようとするときは

たれだつてみんなぐるぐるする
（耳ごうど鳴つてさつぱり聞けなぐなつたんちやい））
さう甘えるやうに言つてから
たしかにあいつはじぶんのまはりの
眼にははつきりみえてゐる
なつかしいひとたちの声をきかなかつた
にはかに呼吸がとまり脈がうたなくなり
それからわたくしがはしつて行つたとき
あのきれいな眼が
なにかを索めるやうに空しくうごいてゐた
それはもうわたくしたちの空間を二度と見なかつた
それからあとであいつはなにを感じたらう
それはまだおれたちの世界の幻視をみ
おれたちのせかいの幻聴をきいたらう
わたくしがその耳もとで
遠いところから声をとつてきて

そらや愛やりんごや風　すべての勢力のたのしい根源
万象同帰のそのいみじい生物の名を
ちからいつぱいちからいつぱい叫んだとき
あいつは二へんうなづくやうに息をした
白い尖つたあごや頬がゆすれて
ちひさいときよくおどけたときにしたやうな
あんな偶然な顔つきにみえた
けれどもたしかにうなづいた

こうして書きうつしながら、私自身涙ぐむ思いがある。もっと引用したいが差し控えることとする。

「青森挽歌」に続く「オホーツク挽歌」に

幾本かの小さな木片で
HELL と書きそれを LOVE となほし
ひとつの十字架をたてることは
よくたれでもがやる技術なので

とし子がそれをならべたとき
わたくしはつめたくわらつた

とあるのは看過できない。ことに「HELL」と「LOVE」をトシが並べかえ、それを見た彼が「つめたくわらつた」という叙述に注目しなければならない。彼らの恋愛は地獄、近親相姦という地獄と隣合せなのだから。かりにトシが遊びのつもりで小さな木片を使って文字を並べかえたとしても、兄である宮沢賢治はその並べかえに慄然としたにちがいない。

その後「樺太鉄道」「鈴谷平原」「噴火湾（ノクターン）」でこの一連は終る。一九二三年八月一一日の日付をもつ「噴火湾（ノクターン）」は次の詩句で終る。

そのまつくらな雲のなかに
とし子がかくされてゐるかもしれない
ああ何べん理智が教へても
私のさびしさはなほらない
わたくしの感じないちがつた空間に
いままでここにあつた現象がうつる

それはあんまりさびしいことだ
（そのさびしいものを死といふのだ）
たとへそのちがつたきらびやかな空間で
とし子がしづかにわらはうと
わたくしのかなしみにいぢけた感情は
どうしてもどこかにかくされたとし子をおもふ

いま作者は寂寥と哀悼の念につつまれている。しかし、もう作者の内面の修羅は立ち去ったようである。

※

「無声慟哭」において、私が躓くのは
わたくしのかなしさうな眼をしてゐるのは
わたくしのふたつのこころをみつめてゐるためだ

という二つに分裂された心が理解できなかったためであり、「わたくしは修羅を歩いてゐる」という修羅が私に理解できなかったためであった。

二つの心とは通常の肉親としての兄妹の愛と、そうした愛以上の、近親相姦に至ることなく、とどまっているが、恋としか言いようのない心情を意味している。

修羅はおそらく青春期に特有の情欲をふくむ肉体、精神の惑乱を意味するが、宮沢賢治のばあい、その核に、心情としての近親相姦的なトシへの恋愛感情が存在したと考える。

『春と修羅』の作品は、トシへの挽歌が、他者の中でも格別の存在である作品であって、当然トシという他者が存在するが、その他の多くは他者不在の作品で占められている。そうした他者不在の作品は、少数の例外を除けば、それらの随所に、部分的に、宮沢賢治の天才が認められるとしても、評価に値しない、と考える。

『春と修羅』第二集

『春と修羅』第二集は一九二四（大正一三）年、一九二五（大正一四）年の作を収めているが、冒頭に近く一九二四年五月二二日の日付をもつ作品「馬」は次のとおりである。

いちにちいっぱいよもぎのなかにはたらいて
馬鈴薯のやうにくさりかけた馬は
あかるくそそぐ夕陽の汁を
食塩の結晶したばさばさの頭に感じながら
はたけのへりの熊笹を
ぼりぼりぼりぼり食ってゐた
それから青い晩が来て
やうやく厩に帰った馬は
高圧線にかかったやうに
にはかにばたばた云ひだした

馬は次の日冷たくなった
みんなは松の林の裏へ
巨きな穴をこしらへて
馬の四つの脚をまげ
そこへそろそろおろしてやった
がっくり垂れた頭の上へ
ぼろぼろ土を落してやって
みんなもぼろぼろ泣いてゐた

「馬鈴薯のやうにくさりかけた」という表現は独特だし、疲れた馬が「夕陽の汁を」その頭に感じているというのは作者の空想だし、その頭に「食塩の結晶」を見ているのも作者の創作といってよい。しかも、これらの決して尋常とは思われない表現を含んでいても、これらに現実感を読者が覚えるのは作者の天才という他ない。読者は死んだ馬に、持主その他の村人たちとともに、泣きたいように感じる。「馬」はそれほどに現実感をもつ佳作である。宮沢賢治は精緻に観察し、独自の表現で読者に感銘を与えることができる才能の持主であった。

『春と修羅』第二集には「永訣の朝」「無声慟哭」のような絶唱はない。同時に、修羅も存在しない。

それは妹トシを失ったことの哀しみから区切りがついたためであろう。「薤露青」は薤《にら》におく露のはかなさに由来する中国古典の挽歌であり、「薤露青」も薤におく露の透明なはかない青に託したトシへの最後の挽歌とみてよい作品だが、作中

……あゝ　いとしくおもふものが
そのまゝどこへ行ってしまったかわからないことが
なんといふいゝことだらう……

とあることからみて間違いない。これは一九二四年七月一七日の日付が付された作だが、これより以前、七月五日の日付をもつ「〔この森を通りぬければ〕」にも

わたくしは死んだ妹の声を
林のはてのはてからきく
……それはもうさうでなくても
誰でもおなじことなのだから
またあたらしく考へ直すこともない……

もまた、その裏づけとなるだろう。たぶん哀しみは哀しみとして残っていたであろうが、「修羅」に彼を追いこむほどに痛切なものではなくなっていたのであろう。

※

『春と修羅』には妹トシのための一連の挽歌を除き、他者不在であることを指摘した。『春と修羅』第二集には確実に他者が存在する。一九二四年五月八日の日付を付された「〔日脚がぼうとひろがれば〕」という作がある。全文は次のとおりである。

日脚がぼうとひろがれば
つめたい西の風も吹き
黒くいでたつむすめが二人
接骨木藪をまはってくる
けらを着　縄で胸をしぼって
睡蓮の花のやうにわらひながら

ふたりがこっちへあるいてくる
その蓋のある小さな手桶は
けふははたけへのみ水を入れて来たのだ
ある日は青い蓴菜を入れ
欠けた朱塗の椀をうかべて
朝がこれより爽かなとき
町へ売りにも来たりする
赤い漆の小さな桶だ
けらがばさばさしてるのに
瓶のかたちの袴《モンペ》をはいて
おまけに鍬を二梃づつ
けらにしばってゐるものだから
何か奇妙な鳥踊りでもはじめさう
大陸からの季節の風は
続けて枯れた草を吹き
にはとこ藪のかげからは

こんどは生徒が四人来る
赤い顔してわらってゐるのは狼沢《オイノ》
一年生の高橋は　北清事変の兵士のやうに
はすに包みをしょってゐる

この作には先駆形として「曠原淑女」という作がある。前期の作と同じ日付である。

日ざしがほのかに降ってくれば
またうらぶれの風も吹く
にはとこやぶのうしろから
二人のをんながのぼって来る
けらを着　粗い縄をまとひ
萱草の花のやうにわらひながら
ゆっくりふたりがすすんでくる
その蓋のついた小さな手桶は
今日ははたけへのみ水を入れて来たのだ

今日でない日は青いつるつるの蓴菜を入れ
欠けた朱塗の椀をうかべて
朝の爽かなうちに町へ売りにも来たりする
鍬を二挺たゞしくけらにしばりつけてゐるので
曠原の淑女よ
あなたがたはウクライナの
舞手のやうに見える
……風よたのしいおまへのことばを
もっとはっきり
この人たちにきこえるやうに云ってくれ……

日付が同じであるから、日付からはどちらが先駆形と決めるのかは難しいが、「曠原淑女」を先駆形と決定したのは校本全集、新校本全集の編者の研究、検討の結果にちがいない。ただ、「〔日脚がぼうとひろがれば〕」と「曠原淑女」は素材は同じだが、主題はまったく異なっている。前者でも二人の娘について多く語られているが、生徒たちも出現し、いわばニワトコ藪とその背後から現われる人々の風景を主題としているが、後者は貧しい二人の娘をウクライナの踊子と見立てる愉しさを主題としている。実際は、宮沢賢治は、後者の主題をさらに詳しく描いた作品「〔ふたりおんなじさういふ奇体な扮装で〕」とその先駆形を、ほぼ半年後一〇月二六日の日付で書いているのだが、一〇月二六日の作品は明らかに「曠原淑女」の発展形であり、二人の村娘たちの姿態の魅力を多くの言葉を費して語っているのだが、あまりに冗舌すぎて、かえって娘たちの映像が鮮明に浮かんでこない欠点がある。いわば先駆形を含めた四作中「曠原淑女」が断然すぐれた作品といってよい。このように主題が違う完成された作品は、作者がさらに手を加えているとしても、むしろ異稿として本文に「〔日脚がぼうとひろがれば〕」と並べて配列しても良かったのではないか、と私は考える。これは後に引用する「母に云ふ」についてことにつよく感じる問題である。

私は秀作「曠原淑女」について語りすぎたようだが、ここで私が指摘していることは、『春と修羅』第二集では他者不在ということがない、他者が存在する、ということである。

やはり他者が存在する作品の例として、右の作品よりも約一カ月前の一九二四年三月三〇日の日付の作品「早春独白」をあげたい。些か長くなるが、全文を引用しないと、この作品の好ましさが分らないと思うので、以下に全文を引用する。

黒髪もぬれ荷縄もぬれて
やうやくあなたが車室に来れば

ひるの電燈は雪ぞらにつき
窓のガラスはぼんやり湯気に曇ります
……青じろい磐のあかりと
暗んで過ぎるひばのむら……
身丈にちかい木炭《すみ》すごを
地蔵菩薩の龕《がん》かなにかのやうに負ひ
山の襞もけぶってならび
堰堤《ダム》もごうごう激してゐた
あの山岨のみぞれのみちを
あなたがひとり走ってきて
この町行きの貨物電車にすがったとき
その木炭《すみ》すごの萱の根は
秋のしぐれのなかのやう
もいちど紅く燃えたのでした
……雨はすきとほってまっすぐに降り
雪はしづかに舞ひおりる

妖《あや》しい春のみぞれです……
みぞれにぬれてつつましやかにあなたが立てば
ひるの電燈は雪ぞらに燃え
ぼんやり曇る窓のこっちで
あなたは赤い捺染ネルの一きれを
エヂプト風にかつぎにします
……氷期の巨きな吹雪の裔《すゑ》は
ときどき町の瓦斯燈を侵して
その住民を沈静にした……
わたくしの黒いしゃっぽから
つめたくあかるい雫が降り
どんよりよどんだ雪ぐもの下に
黄いろなあかりを点じながら
電車はいっさんにはしります

木炭すごのすごとは茅や藁などで編んだ入れ物、俵をいう。岩手県の一部その他の地方の方言と『日本国語大辞典』第二版は記している。木炭俵を背負った、貧しいにちがいない、たぶん中年の農婦の貨物電車に駈けこんだ息遣いが聞こえるような、地味だが、心暖まる作品である。ここにも確実に他者がいる。その他者に暖かな、やさしい眼差しを作者は注いでいる。「曠原淑女」の娘たちにも同じ眼差しが注がれていた。こうした眼差しは『春と修羅』時代には作者は持っていなかった。第二集の時期にはじめて持つことになったのである。

同じく他者がいる作品として「善鬼呪禁」をあげたい。同じ一九二四年の作、一〇月一一日の日付が付されている。

なんぼあしたは木炭《すみ》を荷馬車に山に積み
くらいうちから町へ出かけて行くたって
こんな月夜の夜なかすぎ
稲をがさがさ高いところにかけたりなんかしてゐると
あんな遠くのうす墨いろの野原まで
葉擦れの音も聞えてゐたし
どこからどんな苦情が来ないもんでない
だいいちそうら

そうら　あんなに
苗代の水がおはぐろみたいに黒くなり
畦に植わった大豆《まめ》もどしどし行列するし
十三日のけぶった月のあかりには
十字になった白い暈さへあらはれて
空も魚の眼球《めだま》に変り
いづれあんまり碌でもないことが
いくらもいくらも起ってくる
おまへは底びかりする北ぞらの
天河石《アマゾンストン》のところなんぞにうかびあがって
風をま喰《くら》ふ野原の慾とふたりづれ
威張って稲をかけてるけれど
おまへのだいじな女房は
地べたでつかれて酸乳みたいにやはくなり
口をすぼめてよろよろしながら
丸太のさきに稲束をつけては

もひとつもひとつおまへへ送り届けてゐる
どうせみんなの穫れない歳を
逆に旱魃《ひでり》でみのった稲だ
もうい丶加減区劃りをつけてはねおりて
鳥が渡りをはじめるまで
ぐっすり睡るとしたらどうだ

この作品の末尾は先駆形では次のとおりであった。

おまへのだいじな女房は
下でつかれて乳酸みたいにやはくなり
口をすぼめてよろよろしながら
丸太のさきに稲束をつけては
もひとつもひとつおまへへ送り届けてゐる
もういい加減区劃《くぎ》りをつけてはね下《お》りて
そいつを抱いてやつたらどうだ

翌日の朝早く荷馬車に木炭を積んで町へ行くために稲束を、稲を乾燥させるために高い位置まで設けた稲架《はさ》に夜更けすぎるまでかけ続けている勤勉な農夫とその妻を「過労」だからいい加減で止めたらいい、と諫めている作品である。末尾だけ先駆形を引用した理由は、完成形の方が説明的で事情が分かりやすく、かつ、「抱いてやったらどうだ」という激しい忠告に対し、穏やかに「ぐっすり睡るとしたらどうだ」としめくくっている表現と、どちらがすぐれているかを考えてもらいたいからである。私は先駆形の末尾の方がはるかにすぐれていると考える。

それにしても夜半過ぎまで働いている農民夫婦に注ぐ作者の眼差しは正確であり、暖かである。『春と修羅』第二集における宮沢賢治はまことに良き観察者であった。

翌一九二五年に入って、四月五日の日付を付された作品「朝餐」を読むこととする。

苔に座ってたべてると
麦粉と塩でこしらへた
このまっ白な鋳物の盤の
何と立派でおいしいことよ
裏にはみんな曲った松を浮き出して、

表は点の括り字で「大」といふ字を鋳出してある
この大の字はこのせんべいが大きいといふ広告なのか
あの人の名を大蔵とでも云ふのだらうか
さうでなければどこかで買った古型だらう
たしかびっこをひいてゐた
発破で足をけがしたために
生れた村の入口で
せんべいなどを焼いてくらすといふこともある
白銅一つごくていねいに受けとって
がさがさこれを数へてゐたら
赤髪のこどもがそばから一枚くれといふ
人は腹ではくつくつわらひ
顔はしかめてやぶけたやつを見附けてやった
林は西のつめたい風の朝
頭の上にも曲った松がにょきにょき立って
白い小麦のこのパンケーキのおいしさよ

競馬の馬がはうれん草を食ふやうに
アメリカ人がアスパラガスを喰ふやうに
すきとほった風といっしょにむさぼりたべる
こんなのをこそspeisenとし云ふべきだ
　　……雲はまばゆく奔騰し
　　　野原の遠くで雷が鳴る……
林のバルサムの匂を呑み
あたらしいあさひの蜜にすかして
わたくしはこの終りの白い大の字を食ふ

じつに好ましい作品ではないか。発破のため足に障害をもつこととなった主人が、赤髪の子にねだられると、腹ではくつくつ笑いながらも、しかめ面《つら》で半端物を一枚、その子に呉れてやる親切。麦粉と塩だけで作ったせんべいをパンケーキと思って食べる作者。これも読者の心を洗うような作である。作者は内心の修羅を噴め、追うことはしない。確実に他者を見ている。ここでも作者は良き観察者である。

一九二五年の作の中から、もう一篇だけ、作者が他者を観察している作を読む。「渇水と座禅」六月一二日の作である。

にごって泡だつ苗代の水に
一ぴきのぶりき色した鷺の影が
ぼんやりとして移行しながら
夜どほしの蛙の声のまゝ
ねむくわびしい朝間になった
さうして今日も雨はふらず
みんなはあっちにもこっちにも
植ゑたばかりの田のくろを
じっとうごかず座ってゐて
めいめい同じ公案を
ここで二昼夜商量する……
栗の木の下の青いくらがり
ころころ鳴らす樋《ドヒ》の上に
出羽三山の碑をしょって

水下ひと目に見渡しながら
遅れた稲の活着の日数
分蘖の日数出穂の時期を
二たび三たび計算すれば
石はつめたく
わづかな雲の縞が冴えて
西の岩鐘一列くもる

日照り続きの夏、旱魃をおそれる農民たちが座禅でもするかのように二昼夜じっと坐って、与えられた公案の答えを考えているようにさえ見える、という。私は他者の存在する作品として「曠原淑女」以下の作品を引用してきた。それらを私にはいずれも傑作といえないまでも佳作という以上の秀作と考えている。「渇水と座禅」は上記の作品に比べ、感興がよほど淡い。ひとつには農民たちの面貌が見えてこないからであり、彼らの状況の深刻さを暖かく見守るというより、作者は揶揄しているようにみえるからである。

ただ、ここでも、他者が存在することは前掲の作品と同じである。前掲の諸作品では作者は対象としている他者に暖かな眼差しを注いでいた。しかし、彼らに手をさしのべてはいなかった。また、彼らといかなるかかわりも持っていなかった。このことは、妹トシへの一連の挽歌を別にすれば、他者が不在であった、『春と修羅』の作品と『春と修羅』第二集との間における目立つ違いだが、また、後に読む『春と修羅』第三集およびそれ以降の作品との間の違いでもある。
ただ、他者とのかかわりを持った作品が皆無かと問われれば、少なくとも「秋と負債」を看過するわけにはいかない。一九二四年九月一六日の日付が付された作である。

半穹二グロスからの電燈が
おもひおもひの焦点《フオカス》をむすび
はしらの陰影《かげ》を地に落し
濃淡な夜の輻射をつくる
……またあま雲の螺鈿からくる青びかり……
ポランの広場の夏の祭の負債から
わたくしはしかたなくここにとゞまり
ひとりまばゆく直立して
いろいろな目にあふのであるが
さて徐ろに四周を見れば

これらの二つのつめたい光の交叉のほかに
もひとつ見えない第三種の照射があって
ここのなめらかな白雲石《ドロミット》の床に
わたくしの影を花盞のかたちに投げてゐる
しさいに観ずれば観ずるほど
それがいよいよ皎かで
ポランの広場の狼避けの柵にもちゃうどあたるので
もうわたくしはあんな sottise な灰いろのけだものを
一度おもひだす要もない

sottise は誤字らしく、正確な意味は分らない。新校本全集の年譜によれば、この年、八月一〇日―一一日、「昼夜二回二日にわたり農学校講堂で自作の劇を上演。プログラムは「饑餓陣営」「植物医師」「ポランの広場」「種山ヶ原の夜」の四本立てで一般に公開した。(中略)上演に要した衣裳・小道具・大道具・背景その他一切の費用は自費であった。劇が終ると舞台道具を校庭にもちだし、火をつけ、生徒ともども狂喜乱舞した」とある。

宮沢賢治はさぞ愉しい二日二晩を過したであろう。「秋と負債」の「負債」はこの時の自作四本上演のための借金であろう。そのために「ひとりまばゆく直立して／いろいろな目にあふ」とは債権者に返済をせまられたことにちがいない。ここで「灰いろのけだもの」といわれているのは債権者以外に考えようがない。宮沢賢治は借金しながら、貸主を「灰いろのけだもの」と言い、「二度おもひだす要もない」という。「第三種の照射」とは何か。ともかく、このために彼は救われ、貸主を二度と思いだす必要もなくなったというのだから、誰かが宮沢賢治に代って借金を返済してくれたのではないか。想像すれば、貸主は宮沢一族の本家の主人、立替えてくれたのは父の政次郎ではないか。この想像が正しいかどうかは別として、宮沢賢治はまことに甘やかされた道楽息子であった。この詩に私は彼の甘えをみる。『春と修羅』には、こういう他者も描かれている。

いうまでもなく、他者があらわれる作品は『春と修羅』第二集中、他にもかなり収められている。上記したのは、その事実確認のための例示である。

※

『春と修羅』中の大作は多く他者不在であり、宮沢賢治独自の豊かなイメージ、眩しいほどの語彙にちりばめられ、野外の爽やかさがみられている。しかし、それらは退屈であり、感銘を誘わないのは、対話がなく、モノローグに終り、人間としての葛藤やドラマがないためであると思われるが、そうした他者不在の作品の中でも「過去情炎」のような卓抜な作品が収められていることをすでにみてきた。『春と修羅』第二集においても他者が不在であるにもかかわらず、なお心をうつ作品が存在することは事実である。

一九二四年四月一九日の日付をもつ「〔いま来た角に〕」は私にとって魅力的な作である。

いま来た角に
一本の白楊《ドロ》が立ってゐる
雄花の紐をひっそり垂れて
青い氷雲にうかんでゐる
そのくらがりの遠くの町で
床屋の鏡がたゞ青ざめて静まるころ
芝居の小屋が塵を沈めて落ちつくころ
帽子の影がさういふふうだ
シャープ鉛筆　月印
紫蘇のかをりの青じろい風
かれ草が変にくらくて

水銀いろの小流れは
蒔絵のやうに走ってゐるし
そのいちいちの曲り目には
藪もぼんやりけむってゐる
一梃の銀の手斧が
水のなかだかまぶたのなかだか
ひどくひかってゆれてゐる
太吉がひるま
この小流れのどこかの角で
まゆみの藪を截ってゐて
帰りにこゝへ落したのだらう
なんでもそらのまんなかが
がらんと白く荒さんでゐて
風がをかしく酸っぱいのだ……
風……とそんなにまがりくねった桂の木
低《の》原の雲も青ざめて

ふしぎな縞になってゐる……し
すももが熟して落ちるやうに
おれも鉛筆をぽろっと落し
だまって風に溶けてしまはう
このういきゃうのかをりがそれだ

風……骨、青さ、
どこかで鈴が鳴ってゐる
どれぐらゐいま睡ったらう
青い星がひとつきれいにすきとほって
雲はまるで蠟で鋳たやうになってゐるし
落葉はみんな落した鳥の尾羽に見え
おれはまさしくどろの木の葉のやうにふるへる

自然と一体化したかのように、自然に溶け込んだような若者の憂愁がここに示されている。何故、彼が慄えるのか。彼自身にもおそらくはっきり自覚されていないのだが、町から遠ざかり、他人を嫌悪する、青春の憂悶というべきものが彼の心を揺すぶっている。
一九二五年一月八日の日付をもつ「旅程幻想」は『春と修羅』第二集をはじめて読んだときから、私が愛してやまない作品である。

さびしい不漁と旱害のあとを
海に沿ふ
いくつもの峠を越えたり
萱の野原を通ったりして
ひとりここまで来たのだけれども
いまこの荒れた河原の砂の、
うす陽のなかにまどろめば、
肩またせなのうら寒く
何か不安なこの感じは
たしかしまひの硅板岩の峠の上で
放牧用の木柵の
楢の扉を開けたまゝ

みちを急いだためらしく
そこの光ってつめたいそらや
やどり木のある栗の木なども眼にうかぶ
その川上の幾重の雲と
つめたい日射しの格子のなかで
何か知らない巨きな鳥が
かすかにごろごろ鳴いてゐる

日常の瑣末に始終とりとめない不安を感じるのは青春の心情の特徴といってよい。そうした不安を把えた「旅程幻想」は小品とはいえ、まさに宮沢賢治ならではの巧みな作品である。こうして山野を跋渉することを彼は好んだが、山野跋渉をうたった作に一九二四年一〇月二六日の日付をもつ「母に云ふ」がある。「旅程幻想」の二倍に近い長さの、多弁な作品だが、次に引用する。

馬のあるいたみちだの
ひとのあるいたみちだの
センホインといふ草だの

方角を見ようといくつも黄いろな丘にのぼったり
まちがって防火線をまはったり
がさがさがさがさ
まっ赤に枯れた柏の下や
わらびの葉だのすゞらんの実だの
陰気な泥炭地をかけ抜けたり
岩手山の雲をかぶったまばゆい雪から
風をもらって帽子をふったり
しまひにはもう
まるでからだをなげつけるやうにして走って
やっとのことで
南の雲の縮れた白い火の下に
小岩井の耕耘部の小さく光る屋根を見ました
萱のなかからぱっと走って出ましたら
そこの日なたで七つぐらゐのこどもがふたり
雪ばかまをはきけらを着て

栗をひろってゐましたが
たいへんびっくりしたやうなので
わたくしもおどろいて立ちどまり
わざと狼森はどれかとたづね
ごくていねいにお礼を云ってまたかけました
それからこんどは燧堀山へ迷って出て
さっぱり見当がつかないので
もうやけくそに停車場はいったいどっちだと叫びますと
栗の木ばやしの日射しのなかから
若い牧夫がたいへんあわてて飛んで来て
わたくしをつれて落葉松の林をまはり
向ふのみだれた白い雲や
さはやかな草地の縞を指さしながら
詳しく教へてくれました
わたくしはまったく気の毒になって
汽車賃を引いて残りを三十銭ばかり

お礼にやってしまひました
それからも一度走って走って
やうやく汽車に間に合ひました
そして昼めしをまだたべません
どうか味噌漬けをだしてごはんをたべさしてください

山野跋渉というより山野彷徨というべきかもしれないし、青春彷徨というべきかもしれない。思うままに山野を彷徨する作業を想像すると愉しいが、作品としては格別に感興のある詩とはいえない。ただ、どうやら宮沢賢治は、昼飯のおかずは味噌漬けだけで足りる習慣だったらしい。この句は「雨ニモマケズ」に「味噌ト」とある味噌は味噌漬けにするつもりだったのかもしれない、と空想する根拠となるかもしれない。それにしてもこの作品は野放図に母に甘える作者を示しており、そういう意味で感興があるとはいえ、私の好みではない。じつは、この作品は「〔野馬がかってにこさへたみちと〕」にも「〔野馬がかってにこさへたみちと〕」の先駆形として収められている。〇月二六日の日付が付されているので、同日作の詩だが、次のとおりである。

野馬がかってにこさへたみちと

ほんとのみちとわかるかね？

なるほどおほばこセンホイン
その実物もたしかかね？

おんなじ型の黄いろな丘を
ずんずん数へて来れるかね？

その地図にある防火線とさ
あとからできた防火線とがどうしてわかる？

泥炭層の伏流が
どういふものか承知かね？

それで結局迷ってしまふ
そのとき磁石の方角だけで

まっ赤に枯れた柏のなかや
うつぎやばらの大きな藪を
どんどん走って来れるかね？

そしてたうとう日が暮れて
みぞれが降るかもしれないが
どうだそれでもでかけるか？

はあ　さうか

これはかなり貧しい作品である。そのことより、「母に云ふ」と体験、素材を同じくする、改作だが主題がまるで変っている。「母に云ふ」はそれなりに完成した作品である。後に改作したからといって先駆形として扱うよりも、異稿として本文に収めるべきではないか、と私は考える。ただし、こうした異稿をどう処理するかは編者の権限に属し、私などが意見を言える筋合いではないのだが。

※

一九二五年二月一五日の日付を付された「未来圏からの影」と題する作品がある。

吹雪《フキ》はひどいし
けふもすさまじい落磐
……どうしてあんなにひっきりなし
凍った汽笛《フエ》を鳴らすのか……
影や恐ろしいけむりのなかから
蒼ざめてひとがよろよろあらはれる
それは氷の未来圏からなげられた
戦慄すべきおれの影だ

一九二五年二月の時点で宮沢賢治はすでに未来像を暗く、力弱く、よろめく者と感じていた。それはおそらく、同じ年一〇月二五日、「告別」中、農学校生徒に向って、

云はなかったが、
おれは四月はもう学校に居ないのだ
恐らく暗くけはしいみちをあるくだらう

という言葉と対応しているだろう。すでにこの年二月には、未来は農学校教師としてとどまっていることはないと決意していたのでないか。

この年六月二五日、宮沢賢治は保阪嘉内に宛てた書簡の中で、

「来春はわたくしも教師をやめて本統の百姓になって働らきます　いろいろな辛酸の中から青い蔬菜の毬やドロの木の閃きや何かを予期します　わたくしも盛岡の頃とはずゐぶん変ってゐます　あのころはすきとほる冷たい水精のやうな水の流ればかり考へてゐましたのにいまは苗代や草の生えた堰のうすら濁ったあたたかなたくさんの微生物のたのしく流れるそんな水に足をひたしたり腕をひたして水口を繕ったりすることをねがひます」と書いている。資料の上では、農学校教師を辞め、農業に従事することに決めたのは六月二五日付のこの書簡までしか遡れないが、同年二月一五日の「未来圏からの影」の「未来」もやはり同じ未来を語っていると私は考える。保阪宛では農業に従事することの明るさ、愉しさを語り、「未来圏からの影」では農業に従事した結果の辛酸と挫折を語っていると

いう点で顕著な違いがあるけれども、宮沢賢治にはそのふたつの面を予測していたのだと思われる。『春と修羅』第二集は一九二四、二五年の二年間の作を収めているが、一九二五年の作はひどく貧しい、と私は評価している。読むに耐える作品は、すでに引用した「旅程幻想」「朝餐」の他には、一月五日の日付をもつ作「異途への出発」をあげるに値するにとどまる。もちろん「未来圏からの影」も「告別」も重要だが、それは伝記的にみて重要なのであって、詩としては情感のふくらみがない。
そこで「異途への出発」を引用する。

月の惑みと
巨きな雪の盤とのなかに
あてなくひとり下り立てば
あしもとは軋り
寒冷でまっくろな空虚は
がらんと額に臨んでゐる
　　……楽手たちは蒼ざめて死に
　　　嬰児は水いろのもやにうまれた……
尖った青い燐光が

いちめんそこらの雪を縫って
せはしく浮いたり沈んだり
しんしんと風を集積する
……ああアカシヤの黒い列……
みんなに義理をかいてまで
こんや旅だつこのみちも
じつはたゞしいものでなく
誰のためにもならないのだと
いままでにしろわかってゐて
それでどうにもならないのだ
……底びかりする水晶天の
一ひら白い裂罅《ひび》のあと……
雪が一そうまたたいて
そこらを海よりさびしくする

青春の憂愁というにはあまりに寂しい作品である。「旅程幻想」はこれより三日後の作であり、「母に云ふ」はこれより約二カ月余前の作品であり、その当時には彼の心にはこうした暗い寂しさがあり、そうした寂しさは彼を不安にさせたり、山野を彷徨させたとも解されるのである。

※

そこで、さらに遡って、宮沢賢治が一九二五年初頭に抱いた由来を確認しなければならない。一九二四年一〇月五日の日付を付された「産業組合青年会」と題する作がある。

祀られざるも神には神の身土があると
あざけるやうなうつろな声で
さう云ったのはいったい誰だ　席をわたったそれは誰だ
　……雪をはらんだつめたい雨が
　　闇をぴしぴし縫ってゐる……
まことの道は
誰が云ったの行ったの
さういふ風のものでない

祭祀の有無を是非するならば
卑賤の神のその名にさへもふさはぬと
応へたものはいったい何だ　いきまき応へたそれは何だ
　……ときどき遠いわだちの跡で
　　水がかすかにひかるのは
　　東に畳む夜中の雲の
　わづかに青い燐光による……
部落部落の小組合が
ハムをつくり羊毛を織り医薬を頒ち
村ごとのまたその聯合の大きなものが
山地の肩をひととこ砕いて
石灰岩末の幾千車かを
酸えた野原にそゝいだり
ゴムから靴を鋳たりもしよう
　……くろく沈んだ並木のはてで
　　見えるともない遠くの町が

ぼんやり赤い火照りをあげる……
しかもこれら熱誠有為な村々の処士会同の夜半
祀られざるも神には神の身土があると
老いて呟くそれは誰だ

この作にいう「祀られざる」神とは神社仏閣により祀られない神の意にちがいないが、この作の理解には同年三月二五日の日付の「晴天恣意」の先駆形の次の一節が参考になるだろう。

古生山地の峯や尾根
盆地やすべての谷々には
おのおのにみな由緒ある樹や石塚があり
めいめいに何か鬼神が棲むと伝へられ
もしもみだりにその樹を伐り
あるいは塚を畑にひらき
乃至はそこらであんまりひどくイリスの花をとりますと
さてもかういふ無風の日中

見掛けはしづかに盛りあげられた
あの玉髄の八雲のなかに
夢幻に人はつれ行かれ
見えない数個の手によつて
かゞやくそらにまつさかさまにつるされて
槍でづぶづぶ刺されたり
おしひしがれたりするのだと
さうあすこでは云ふのです。

つまり祀られざる神とは、それぞれの土地に棲む地霊の如き、神聖で、しかも威力をもつものなのである。石灰岩抹を炭酸石灰と称してその幾千車を北上山地の酸性土にあまねく普及させることは鈴木東蔵の東北砕石工場の技師として鈴木を支援したときの宮沢賢治の夢想であったが、同じ夢想をこの「産業組合青年会」で作者は語っている。しかし、各部落の産業組合が連合した組織体として、こうした炭酸石灰販売をはじめその他多くの事業化を青年たちが情熱的に語り合っている。それは必ず古来の土地を傷つけることになるであろう。そこで、それら「熱誠有為な村々の処士会同」にさいし、地霊たちが、自分たちの領土を荒らすと罰せられるぞ、と呟いている、というのが、この詩の趣旨である。宮沢賢治はそうした祀られざる神々、地霊たちの実在を信じていたようである。

この「産業組合青年会」に続く作品が同じ日付をもつ「〔夜の湿気と風がさびしくいりまじり〕」である。完成形は次の五行である。

夜の湿気と風がさびしくいりまじり
松ややなぎの林はくろく
そらには暗い業の花びらがいっぱいで
わたくしは神々の名を録したことから
はげしく寒くふるへてゐる

この作品の先駆形の一つの第一連はほとんど完成形と同じだが、あえて、先駆形を全文引用する。

夜の湿気とねむけがさびしくいりまじり
松ややなぎの林はくろく
そらには暗い業の花びらがいっぱいで
わたくしは神々の名を録したことから

はげしく寒くふるへてゐる
ああたれか来てわたくしを抱け

しかもいったい
たれがわたくしにあてにならうか
どんなことが起らうと
わたくしはだまってあるいて行くだけだ

……どこかでさぎが鳴いてゐる……

松並木から雫がふり
空のずゐぶん高いところを
風がごうごう吹いてゐる
わづかのさびしい星群が
西で雲から洗ひ出されて
その偶然な二っつが

真鍮《ブラス》の芒で結んだり
巨きな秋の草穂の影が
残りの雲にうつったりする

新修全集の「異稿」の注に、本稿の余白に次の書き込みがある、と記載している。

「菩提皮のマントや縄を帯び　いちにちいっぱいの労働に　からだを投げて　みんなといっしょに行くといっても　そのときわれわれには　ひとつの暗い死が　来るだけだ　あの重くくらい層積雲のそこで北上山地の一つの稜を砕き　まっしろな石灰岩抹の億噸を得て　幾万年の脱滷から異常にあせたこの洪積の台地に与へつめくさの白いあかりもともし　はんや高萱の波をひらめかすと云ってもそれを実行にうつしたときに　ここらの暗い経済は　恐らく微動も　しないだらう　落葉松から夏を冴え冴えとし銀ドロの梢から雲や風景を乱し　まっ青な稲沼の夜を強力の電燈とひまはりの花から照射させ鬼げしを燃し〔二字分空白〕をしても　それらが楽しくあるためにあまりに世界は歪んでゐる」。

「業の花びら」の「業」を仏教語のとしての業ととれば、この作はきわめてふかい意味をもつかもしれない。私は、作者は「神々の名を録した」という記載から祀られざる神々、地霊たちを救うこととしたと考える。他方、「産業組合青年会」でうたったような事業化の夢も捨てていない、と考える。

そこで、この両立しがたい二つを抱き続けることの罪業の意であると考え、このジレンマを解決しえないために、烈しく慄えているのだ、と考える。誰か、彼の慄えを抱きとめる人を求めても、あてにできる人はいない。

書き込みでは、かりに石灰岩抹の何億トンを配布、販売しても、この土地の貧困は解決できない、という。あるいは「祀られざる神々」は後に彼がつきあたることとなる、まっくらな巨きなもの、岩手の農村の因襲などかもしれないが、書き込みでは、その先まで見通して、宮沢賢治は絶望しているかにみえる。

※

一九二四年秋、宮沢賢治は、地霊たち、風土にふかく根づいた信仰、習慣、保守的気質等のすべてを尊重しながら、進歩的事業を遂行することの困難を理解し、成果をあげえないことまで見通していた。一九二五年における彼の詩作の貧しさはこうした原因から生じた、と解することは誤りだろうか。

『春と修羅』第三集・『詩稿補遺』

一九二六年五月二日の日付を付された作品「春」は次のとおりである。

陽が照って鳥が啼き
あちこちの楢の林も、
けむるとき
ぎちぎちと鳴る　汚ない掌を、
おれはこれからもつことになる

新校本全集の年譜の四月四日の項に
「伊藤忠一の談話によると、下根子桜の家の改造のために魚箱の板の一端に磁石をつけ、測量をし地形をとったのがこの日であったようにいう。また屋敷内の荒土を掘ったのは中旬以降であるという。どういう状態なのか具体的にはわからないが、一九一二（明治四五）年に祖父喜助が建てた家なので かなり手入れが必要であったことと目的による改装もあり、大工の手を離れたあとは「多く自分ひとりでやった」という」という記載がある。

おそらく基本的な改造は大工に依頼し、宮沢賢治が羅須地人協会の目的に沿うよう自ら一部を改造したのであろう。

こうして、たぶん五月二日ころにはすでに下根子桜の宮沢家別宅に移り、独居自炊の生活を始め、開墾も始めたものと思われる。独居自炊といっても、食料品等は実家から運んだはずである。

年譜の六月末の項に次の記載がある。

「教え子菊池信一が、送られた地図を頼りに石鳥谷から下根子の家を訪ねてくる。このとき賢治は机によってぐっすり眠っていた。陽にやけた顔、あみシャツを透してあらわに見える黒い肩、蚊にさされて黒点いっぱいの腕、破れたかかとの穴を反対に上にはいた靴下、その穴からはヨードをぬった大きな切傷が見られた。菊池の来訪をよろこんだ賢治は、「最初の日はやっと二坪ばかり、その次の日も二坪ちよつとばかり、何せ竹藪でね、夕方には腕はジン〳〵痛む。然し今では土地位は楽ですよ、体もなれてもうなんともない」と開墾のもようを語り、冷めたいご飯に汁をかけ、たくあんをかじりあった。そして羅須地人協会を旧盆の一六日に設立し、この日を「農民祭日」とすること、「羅須」は花巻町を「花巻」というようなもので格別の意義はないと語った。菊池は月明の夜道を自転車で帰る。ただし、旧暦七月一六日（新暦八月二三日）に設立にちなむ催しが行われたという記録は見あたらない。

開墾地は北上川の岸近い沖積土のいわゆる砂畑二反四畝歩（約二、四〇〇平方メートル）ほどで、家から二、三分で行けた。読書・執筆・訪問者の合間をみては下の畑へ降りて耕し、結球白菜・トウモロコシ・ジャガイモ・トマトなどを育て、チューリップを咲かせ、畑のふちはアスパラガスで緑の煙のように巻いた。」

野菜の種類が少ないことが目立つが、約二〇〇〇平方メートルといえば、やはり宮沢賢治は本格的に農業をしようと志したのだと思われる。このころ、「農民芸術概論綱要」を書いた、とも年譜に記されている。

やはりこのころ、六月二〇日の日付をもつ詩「〔道べの粗朶に〕」が書かれている。

道べの粗朶に
何かなし立ちよってさはり
け白い風にふり向けば
あちこち暗い家ぐねの杜と
花咲いたまゝいちめん倒れ
黒雲に映える雨の稲
そっちはさっきするどく斜視し

あるいは嘲けりことばを避けた
陰気な幾十の部落なのに
何がこんなにおろかしく
私の胸を鳴らすのだらう
今朝このみちをひとすぢいだいたのぞみも消え
いまはわづかに白くひらける東のそらも
たゞそれだけのことであるのに
なほもはげしく
いかにも立派な根拠か何かありさうに
胸の鳴るのはどうしてだらう
野原のはてで荷馬車は小く
ひとはほそぼそ尖ってけむる

『春と修羅』第二集では他者として農民が描かれていた。しかし、彼ら農民たちに対して宮沢賢治はつねに傍観者にすぎなかった。農業に従事することとなった彼はいま農民の一人として彼らにまじっていかなければならない。この作品における「斜視」はやぶにらみの意ではあるまい。たぶん正視しない、というのであろう。相手の農民は宮沢賢治を見て嘲りたいのだが、言葉に出して言うのを避けている。ここには農民たちの宮沢賢治を疎外する感情が彼らの態度から見てとることができる。だから、「ひとすぢいだいたのぞみも消え」ることとなる。年譜の六月～七月の項に「干害、その後大雨。稲作に水が必要なこの時期、七月一七日までは雨が少なく植つけに困難を来たす。一八日から降雨、一月以上も降り止まない」と記されている。この詩が書かれた、あるいは発想された、六月二〇日は雨が少なく、植つけが困難であった時期にあたる。こうして宮沢賢治に顔をそむける農民たちを前にして、希望が消え去るのを感じながら、彼は胸の高鳴るのを感じている。彼の側から農民たちに援助の手を差し伸べてやることができるはずだ、といった思いを彼は依然として抱き続けている。肥料設計その他の農業技術を教えることによって、彼らを援助することに宮沢賢治は希望を捨てていないようにみえる。年譜の八月一五日の項に「七月一八日から雨降りやまず、八月五日豪雨あり各河川出水する」とあり、肥料の講演などで村を歩きまわっていたようである。

同年九月三日という日付をもつ作品「饗宴」は、この時期の注目すべき作品である。

　酸っぱい胡瓜をぽくぽく嚙んで
　みんなは酒を飲んでゐる
　……土橋は曇りの午前にできて

いまうら青い榾のけむりは
稲いちめんに這ひかゝり
そのせきぶちの杉や楢には
雨がどしゃどしゃ注いでゐる……
みんなは地主や賦役に出ない人たちから
集めた酒を飲んでゐる
……われにもあらず
ぼんやり稲の種類を云ふ
こゝは天山北路であるか……
さっき十ぺん
あの赤砂利をかつがせられた
顔のむくんだ弱さうな子が
みんなのうしろの板の間で
座って素麺《むぎ》をたべてゐる
（紫雲英《ハナコ》植れば米とれるてが
藁ばりとったて間に合ぁなぢゃ）

こどもはむぎを食ふのをやめて
ちらっとこっちをぬすみみる

賦役とは土地にかかる税金（地租）と労役（夫役）をいうが、新校本全集の年譜の同日の項では、この作品について「部落の共同作業後の慰労宴を書いた詩である。「地主や賦役に出ない人たちから／集めた酒を飲んでゐる」のであるが、賢治も一戸を構えている以上、その義務があった。用があって作業に出られず、賦役金を出したときは「なあに金を出す人ぁ困らない人だから」といわれ、他所者《よそもの》として反感をもたれた。〈賦役〉という文語詩では、春のはじめ、あれをやれといわれ、ひとり放牧の柵をつくろったさまがえがかれている」という注が記されている。

この詩では、酒を飲まない宮沢賢治は酒を飲んでいる人々を横に見て、孤立している。部落の人々から疎外され、異邦人のように自らを感じている。共同作業で作った土橋が出来上り、人々はくつろいでいるが、彼はここは天山北路であるか、と感じている。

十遍も赤砂利を担がされた、顔のむくんだ弱い子もやはり一戸から一人という割当で賦役にかりだされたにちがいないが、その少年が素麺を人々から離れてたべている光景が書き加えられていることにより「饗宴」に現実感を与え、全体が浮かびあがっている。作者の心情を別として、詩として読者の心に迫るのはこのような全体の情景の中に作者の心境がはめこまれているからである。

一九二六年には羅須地人協会の活動も始まり、年譜の一一月二二日の項に「今年は作も悪く、お互ひ思ふやうに仕事も進みませんでしたが、いづれ、明暗は交替し、新らしいい、歳も来ませうから、農業全体に巨きな希望を載せて、次の仕度にかかりませう」と始まる集会の案内などを記した書状の配布を伊藤忠一に依頼したとある。

また、これ以前、一〇月三一日の項に

「この日花巻町朝日座に於いて労農党稗和支部が三十余名で結成された。（中略）後、党事務所が賢治の世話で仲小路（現仲町《なかまち》）にあった通称宮沢町の宮右の長屋にでき、肥料設計をたのむ農民たちは賢治が上町《かみちょう》に開いた相談所が近かったので両方に出入りした」

と記されている。年譜からは、肥料設計所を何時開設したかははっきりしない。また、年譜の注には、労農党の事務所を仲町に借りてくれたのも賢治であり、桜から机や椅子を持ってきて貸してくれた、という談話を掲載している。宮沢賢治が労農党の思想に共鳴していたことは間違いないようである。

さらに年譜によれば、一二月二日に上京、神田錦町の上州屋に下宿、ＹＭＣＡタイピスト学校、ついで新交響楽団練習所でオルガンの練習、さらに丸ビルでエスペラントの授業をうけ、この上京二〇日間、築地小劇場を二度見、歌舞伎座の立見もし、セロの特訓をうけたりもしている。

一二月一五日付父政次郎宛書簡の一部を次に引用する。

「図書館の調べものもあちこちの個人授業も訪問もみなその積りで日程を組み間代授業料回数券な

どみなさうなって居りましていま帰ってはみんな半端で大へんな損でありますから今年だけはどうか最初の予定の通りお許しをねがひます。それでもずゐぶん焦って習ってゐるのであります。毎日図書館に午後二時頃まで居てそれから神田へ帰ってタイピスト学校数寄屋橋側の交響楽協会とまはって教はり午後五時に丸ビルの中の旭光社といふラヂオの事務所で工学士の先生からエスペラントを教はり、夜に帰って来て次の日の分をさらひます。一時間も無効にしては居りません。音楽まで余計な苦労をするとお考へでありませうがこれが文学殊に詩や童話劇の詞の根底になるものでありまして、どうしても要るのであります。もうお叱りを受けなくてもどうしてこんなに一生けん命やらなければならないのかとじつに情けなくさへ思ひます。

今度の費用も非常でまことにお申し訳けありませんが、前にお目にかけた予算のやうな次第で殊にこちらへ来てから案外なかゝりもありました。申しあげればまたわたくしの弱点が見えすいて情けなくお怒りになるとも思ひますが第一に靴が来る途中から泥がはひってゐまして修繕にやるうちどうせあとで要るし廉いと思って新らしいのを買ってしまったりふだん着もまたその通りせなかがあちこちほころびて新らしいのを買ひました。授業料も一流の先生を頼んだので殊に一人で習ふので決して廉くはありませんしたし布団を借りるよりは得と思って毛布を二枚買ったり心理学や科学の廉い本を見ては飛びついて買ってしまひおまけに芝居もいくつか見ましたしたうとうやっぱり最初お願ひしたくらゐかゝるやうになりました。どうか今年だけでも小林様に二百円おあづけをねがひます。けれどもいくらわたくしでも今日の時代に恒産のなく定収のないことがどんなに辛くひどいことか、むしろ巨きな不徳であるやうのことは一日一日に身にしみて判って参りますから、いつまでもうちにご迷惑をかけたりあとあとまで累を清六や誰かに及ぼしたりするやうなことは決していたしません。」

宮沢賢治がタイプライターを利用した形跡はないし、エスペラント表記の作品は若干残しているが、エスペラントも普及しなければ実用の役に立たない。それらもどうかと思うが一流の先生から個人教授をうける、という勉強の仕方は、やはり父政次郎の資産をあてにするからできることであり、石川啄木などには思いもよらない方法であった。

宮沢賢治の農業は、部落の人々からみれば、金持の道楽息子の遊びとしか見えなかったとしても、当然であった。

翌一九二七年に入り、三月一六日の日付のある作品「〔土も掘るだらう〕」はこうした農民たちの冷ややかな眼差しを記している。

土も掘るだらう
ときどきは食はないこともあるだらう
それだからといって
やっぱりおまへらはおまへらだし

われわれはわれわれだと
　……山は吹雪のうす明り……
なんべんもきき
いまもきゝ
やがてはまったくその通り
まったくさうしかできないと
　……林は淡い吹雪のコロナ……
あらゆる失意や病気の底で
わたくしもまたうなづくことだ

「おまへらはおまへら」と差別されても致し方ないのが実状であった。

※

『詩稿補遺』中に「会見」という作がある。

（この逞ましい頬骨は
やっぱり昔の野武士の子孫
大きな自作の百姓だ）

宮沢賢治が向かい合っているのは自作農である。彼が語っているのか、眼差しから察しているのか、彼が宮沢賢治について感想を述べている。

（息子がいつでも云ってゐる
技師といふのはこの男か
も少しからだも強靭《シナ》くって
何でもやるかと思ってゐたが
これではとても百姓なんて
ひどい仕事ができさうもない
だまって町で月給とってゐればいゝんだが）

宮沢賢治はこの自作農の表情を見ている。

（向ふの眼がわらってゐる
昔　砲兵にとられたころの
渋いわらひの一きれだ）

（中略）

（ぜんたいいまの村なんて
借りられるだけ借りつくし
負担は年々増すばかり
二割やそこらの増収などで
誰もどうにもなるもんでない
無理をしたって却ってみんなだめなもんだ）
（眼がさびしく愁へてゐる
なにもかもわかりきって、
そんなにさびしがられると
こっちもたゞもう青ぐらいばかり
じつにわれわれは

遠征につかれ切つた二人の兵士のやうに
だまって雲とりんごの花をながめるのだ)

宮沢賢治は強靭な肉体をもっていない。そんな体で何ができるか、と自作農から蔑視されている。宮沢賢治のいう肥料設計などで二割やそこらの増収になっても、借金漬けになっている自作農がどうなるものでもない、と教えられる。結果は、二人で黙って雲と林檎の花を眺めるほどのことしかできない、のだとこの詩は結んでいる。

同じ『詩稿補遺』中で「地主」はどう描かれているか。

水もごろごろ鳴れば
鳥が幾むれも幾むれも
まばゆい東の雲やけむりにうかんで
小松の野はらを過ぎるとき
ひとは瑪瑙のやうに
酒にうるんだ赤い眼をして
がまのはむばきをはき

古いスナイドルを斜めにしょって
胸高く腕を組み
怨霊のやうにひとりさまよふ
この山ぎはの狭い部落で
三町歩の田をもってゐるばかりに
殿さまのやうにみんなにおもはれ
じぶんでも首まで借金につかりながら
やっぱりりんとした地主気取り

（中略）

一ぺん入った小作米は
もう全くたべるものがないからと
かはるがはるみんなに泣きつかれ
秋までにはみんな借りられてしまふので
そんならおれは男らしく
じぶんの腕で食ってみせると
古いスナイドルをかつぎだして

首尾よく熊をとってくれば
山の神様を殺したから
ことしはお蔭で作も悪いと云はれる
その苗代はいま朝ごとに緑金を増し
畔では羊歯の芽もひらき
すぎなも青く冴えれば
あっちでもこっちでも
つかれた腕をふりあげて
三本鍬をぴかぴかさせ
乾田を起してゐるときに
もう熊をうてばいゝか
何をうてばいゝかわからず
うるんで赤いまなこして
怨霊のやうにあるきまはる

「会見」の自作農といい、「地主」といい、彼らの人物像を眼前に彷彿とさせる宮沢賢治の描写力に感嘆する。ことに首まで借金につかっていながら、たべるものがないと小作農から泣きつかれると秋まで小作米を借りられ、止むを得ず熊を射って獲ると山の神を殺したから作柄が悪いのだと非難され、酒にうるんだ赤い眼をして怨霊のように歩きまわっている、情に弱い、没落しつつある地主の憐れさは、ことに心に沁みるものがある。

『春と修羅』第三集に一九二七年四月二一日の日付を付して収められている「〔同心町の夜あけがた〕」は、たぶん羅須地人協会の時期の宮沢賢治が感じていた彼と多くの農民たちとの関係をかなり正確に示しているであろう。この作品のほぼ三分の二を以下に引用する。

同心町の夜あけがた
一列の淡い電燈
春めいた浅葱いろしたもやのなかから
ぼんやりけぶる東のそらの
海泡石のこっちの方を
馬をひいてわたくしにならび
町をさしてあるきながら
程吉はまた横眼でみる

わたくしのレアカーのなかの
青い雪菜が原因ならば
それは一種の嫉視であるが
乾いて軽く明日は消える
切りとってきた六本の
ヒアシンスの穂が原因ならば
それもなかばは嫉視であって
わたくしはそれを作らなければそれで済む
どんな奇怪な考が
わたくしにあるかをはかりかねて
さういふふうに見るならば
それは懼れて見るといふ
わたくしはもっと明らかに物を云ひ
あたり前にしばらく行動すれば
間もなくそれは消えるであらう
われわれ学校を出て来たもの

われわれ町に育ったもの
われわれ月給をとったことのあるもの
それ全体への疑ひや
漠然とした反感ならば
容易にこれは抜き得ない

以下は省略するが、私にはここに描かれた程吉の宮沢賢治に抱いていた反感についての彼の理解は真実からは程遠くみえる。たとえば、宮沢賢治がレアカーを持っていること自体が彼の富裕な生家の証しであり、嫉視の原因でありうるし、ヒアシンスを作ること自体、彼が真の農民ではなく、道楽に農業をしているからできることであって普通の農民にそんな道楽はできない。宮沢賢治は彼が育った実家の富が反感の原因であり、道楽仕事のような彼の作物の栽培が我慢できないのだということが分っていなかった。

ただ、宮沢賢治が直面していたのは、そうした反発、嫉視とか、また蔑視だけではなかった。『詩稿補遺』に「火祭」という作品がある。これは羅須地人協会の時代における、卓抜な作品の一つである。以下全文である。

火祭りで、
今日は一日、
部落そろってあそぶのに、
おまへばかりは、
町へ肥料の相談所などこしらへて、
今日もみんなが来るからと、
外套など着てでかけるのは
い丶人ぶりといふものだと
厭々ひっぱりだされた圭一が
ふだんのま丶の筒袖に
栗の木下駄をつっかけて
さびしく眼をそらしてゐる
……帆舟につかず袋につかぬ
　大きな白い紙の細工を荷馬車につけて
　こどもらが集ってゐるでもない
　松の並木のさびしい宿を

みんなでとにかくゆらゆら引いて
　また張合なく立ちどまる……

くらしが少しぐらゐらくになるとか
そこらが少しぐらゐきれいになるとかよりは
いまのまんまで
誰ももう手も足も出ず
おれよりもきたなく
おれよりもくるしいのなら
そっちの方がずっといゝと
何べんそれをきいたらう
　（みんなおなじにきたなくでない
　みんなおなじにくるしくでない）
……巨きな雲がばしゃばしゃ飛んで
煙草の函でめんをこさへてかぶったり
白粉をつけて南京袋を着たりしながら
みんなは所在なささうに

よごれた雪をふんで立つ……
さうしてそれもほんたうだ
（ひば垣や風の暗黙のあひだ
主義とも云はず思想とも云はず
たゞ行はれる巨きなもの）
誰かゞやけに
やれやれやれと叫べば
さびしい声はたった一つ
銀いろをしたそらに消える

宮沢賢治が下根子桜の宮沢家の別宅で独居自炊し、開墾をはじめ、羅須地人協会の活動を開始して以降、彼に反感をもち、白眼視していた農民たちを支配していたのは、右の詩にみられるような退嬰的な因襲にとらわれた習俗であった。宮沢賢治はこのくろぐろした暗く巨きなものと立ち向かうこととなったわけである。開墾といえば、一九二七年三月二七日の日付をもつ「開墾」と題する好ましい小品がある。

野ばらの藪を、
やうやくとってしまったときは
日がかうかうと照ってゐて
そらはがらんと暗かった
おれも太市も忠作も
そのまゝ笹に陥ち込んで、
ぐうぐうぐうぐうねむりたかった
川が一秒九噸の針を流してゐて
鷺がたくさん東へ飛んだ

羅須地人協会に集まる若者たちは宮沢賢治の言葉に耳を傾けたし、彼の肥料相談所を訪れる人々も決して少なくはなかった。一九二八年の記事だが、新校本全集の年譜には三月一五日の項に「本日より一週間、石鳥谷町南端の塚の根肥料相談所で、午前八時より午後四時まで肥料設計を行う。休む間なく続けざまに行ったが相談に来る人はふえるばかりで、一週間でさばき切れず、また順次約束の村をまわるため、三〇日に残りの人の設計を行うことにした」とあり、詩に「三月」がある。『詩稿補遺』所収の「三月」の冒頭を引用する。

正午《ひる》になっても
五分だけ休みませうと云っても
たゞみんな眉をひそめ
薄い麻着た膝を抱いて
設計表をのぞくばかり
稲熱病《いもち》が胸にいっぱいなのだ

『春と修羅』第三集・『詩稿補遺』の作品には確実に他者が存在する。これらの作品では、他者は傍観者として描かれているわけではない。宮沢賢治の肥料設計にたよりきっている農民たちもいれば、「開墾」の太市や忠作のように彼の開墾を手伝ってくれる若者もいるし、羅須地人協会の彼の講義を真摯に聞きにくる人々もいる。彼らとは反対に、宮沢賢治が農業に従事し、羅須地人協会の活動や肥料設計に反感を抱き、白眼視する農民たちもいるし、その典型としては「火祭」に描かれたような「いまのまんまで／誰ももう手も足も出ず／おれよりもきたなく／おれよりもくるしいのなら／そっちの方がずっといゝと」考えているような退嬰的な因襲に固執する人々がいる。さらに宮沢賢治が尊敬してやまなかった「野の師父」にうたった農民も存在した。日付は付されていないが、配列からみて一九二七年七、八月ころに発想されあるいは書かれたものと思われる。

倒れた稲や萱穂の間
白びかりする水をわたって
この雷と雲とのなかに
師父よあなたを訪ねて来れば
あなたは縁に正しく座して
空と原とのけはひをきいてゐられます
日日に日の出と日の入に
小山のやうに草を刈り
冬も手織の麻を着て
七十年が過ぎ去れば
あなたのせなは松より円く
あなたの指はかじかまり
あなたの額は雨や日や
あらゆる辛苦の図式を刻み

あなたの瞳は洞よりうつろ
この野とそらのあらゆる相は
あなたのなかに複本をもち
これらの変化の方向や
その作物への影響は
たとへば風のことばのやうに
あなたののどにつぶやかれます
しかもあなたのおももちの
今日は何たる明るさでせう

ここで引用を止めてもよいのだが、じつは「野の師父」は同年七月一〇日の日付をもつ「〔あすこの田はねえ〕」と八月二〇日の日付をもつ「和風は河谷いっぱいに吹く」との間に収められているので、右に続く一〇数行をさらに引用したい。

豊かな稔りを願へるままに
二千の施肥の設計を終へ

その稲いまやみな穂を抽いて
花をも開くこの日ごろ
四日つゞいた烈しい雨と
今朝からのこの雷雨のために
あちこち倒れもしましたが
なほもし明日或は明後
日をさへ見ればみな起きあがり
恐らく所期の結果も得ます
さうでなければ村々は
今年も暗い冬を再び迎へるのです

従来「稲作挿話」として発表され、知られていた作品は、その後の推敲の結果、いまでは「〔あすこの田はねえ〕」という題で『春と修羅』第三集に収められている。

あすこの田はねえ
あの種類では窒素があんまり多過ぎるから

もうきっぱりと灌水《みづ》を切ってね
三番除草はしないんだ
……一しんに畔を走って来て
青田のなかに汗拭くその子……
燐酸がまだ残ってゐない？
みんな使った？
それではもしもこの天候が
これから五日続いたら
あの枝垂れ葉をねえ
斯ういふ風な枝垂れ葉をねえ
むしってとってしまふんだ
……せはしくうなづき汗拭くその子
冬講習に来たときは
一年はたらいたあととは云へ
まだかゞやかな苹果のわらひをもってゐた
いまはもう日と汗に焼け

幾夜の不眠にやつれてゐる……

以下は省略するが、この作には教師と教え子との間のほのぼのと暖かい心の通いあいがある。独自の表現形式が彼らの心情を読者に充分に伝えて、ふかい感銘を与える。私はこの作品が羅須地人協会の時期における秀逸な作とみることにいささかも躊躇しない。しかし、この作品はこの当時の宮沢賢治の境涯を知らないと鑑賞できない弱点がある、と考える。このことはまた、「和風は河谷いっぱいに吹く」についてもいえるかもしれない。

たうとう稲は起きた
まったくのいきもの
まったくの精巧な機械
稲がそろって起きてゐる

とかなり沈静した調べで始まるこの詩は

あ、

南からまた西南から
和風は河谷いっぱいに吹いて
汗にまみれたシャツも乾けば
熱した額やまぶたも冷える
あらゆる辛苦の結果から
七月稲はよく分蘖し
豊かな秋を示してゐたが
この八月のなかばのうちに
十二の赤い朝焼けと
湿度九〇の六日を数へ
茎稈弱く徒長して
穂も出し花もつけながら、
ついに昨日のはげしい雨に
次から次と倒れてしまひ
うへには雨のしぶきのなかに
とむらふやうなつめたい霧が

倒れた稲を被ってゐた
あゝ自然はあんまり意外で
そしてあんまり正直だ
百に一つなからうと思った
あんな恐ろしい開花期の雨は
もうまっかうからやって来て
力を入れたほどのものを
みんなばたばた倒してしまった

と悲痛な状況を回想し

その代りには
十に一つも起きれまいと思ってゐたものが
わづかの苗のつくり方のちがひや
燐酸のやり方のために
今日はそろってみな起きてゐる

森で埋めた地平線から
青くかゞやく死火山列から
風はいちめん稲田をわたり
また栗の葉をかゞやかし
いまさはやかな蒸散と
透明な汁液《サップ》の移転
あゝわれわれは曠野のなかに
蘆とも見えるまで逞ましくさやぐ稲田のなかに
素朴なむかしの神々のやうに
べんぶしてもべんぶしても足りない

と高揚した調べで終る。べんぶは抃舞と書き、喜びのあまり手をうって舞うこと、欣喜雀躍の意である。

この高揚した調べに私など感動するが、やはり宮沢賢治の当時の境涯を知らないと、どれほど魅力があるか。作者の一人よがりなのではないか、という感も否定できない。まして同日の日付で「〈もうはたらくな〉」の作があることを読むと、「和風は河谷いっぱいに吹く」は結局宮沢賢治の一時期の錯覚だったことを読者は知るのである。

もうはたらくな
レーキを投げろ
この半月の曇天と
今朝のはげしい雷雨のために
おれが肥料を設計し
責任のあるみんなの稲が
次から次と倒れたのだ
稲が次々倒れたのだ

とはじまり、次のように終る。

頭を堅く縛って出て
青ざめてこはばったたくさんの顔に
一人づつぶっつかって
火のついたやうにはげまして行け

どんな手段を用ゐても
弁償すると答へてあるけ

この作品の作者はずいぶんとヒステリックであり、自己を見失っている感がつよい。彼は自分が肥料設計したから責任があると言い、責任があるから彼の設計にしたがい施肥した農民に被害を弁償する、と言う。稲が倒れたのは雷雨などのためであり、どう施肥したにしても、倒れるのを防ぐことができたはずがない。宮沢賢治が人格高潔だったので、こうした発想が生れたのかもしれない。しかし、私には彼が事実を正視していない、としか思われない。弁償などという発想は、やはり、彼が富裕な家に育ち、気侭に小遣いを使ってきたことと無関係とは思わない。

私は『春と修羅』第三集中、巻末の一九二八年七月二四日の日付をもつ作品「穂孕期」が抜群の作であると考える。

蜂蜜いろの夕陽のなかを
みんな渴いて
稲田のなかの萱の島、
観音堂へ漂ひ着いた

いちにちの行程は
ただまっ青な稲の中
眼路をかぎりの
その水いろの葉筒の底で
けむりのやうな一ミリの羽
淡い稲穂の原体が
いまこっそりと形成され
この幾月の心労は
ぼうぼう東の山地に消える
青く澱んだ夕陽のなかで
麻シャツの胸をはだけてしゃがんだり
帽子をぬいで小さな石に腰かけたり
みんな顔中稲で傷だらけにして
芬って酸っぱいあんずをたべる
みんなのことばはきれぎれで
知らない国の原語《ママ》のやう

ぼうとまなこをめぐらせば、
青い寒天のやうにもさやぎ
むしろ液体のやうにもけむって
この堂をめぐる萱むらである

ここには確実に他者がいる。作者と親しい農民たちである。しかし、彼と農民たちとの間にも若干の距離がある。農民たちの言葉がきれぎれで異国の言葉のようにしか聞こえないのはそのためである。しかし、農民たちも作者の穂孕期を迎えた喜びを心に秘めてあんずをたべている。夢幻界に遊ぶかのような静かな一刻である。その夢幻界をつくっているのは観音堂をめぐる萱むらである。この作品には農民詩といった分野を越える、普遍性がある。読者も農民たちや作者とともに静かな時間をもつことができる。

※

一九二八年八月には宮沢賢治はすでに発病している。九月二三日付の沢里（高橋）武治宛書簡に「八月十日から丁度四十日の間熱と汗に苦しみましたが、やっと昨日起きて湯にも入り、すっかりすが

〳〵しくなりました。六月中東京へ出て毎夜三四時間しか睡らず疲れたまゝで、七月畑へ出たり村を歩いたり、だんだん無理が重なってこんなことになったのです」と書いている。

これより先、六月には、年譜によれば、六月七日の項に「水産物調査、浮世絵展鑑賞、伊豆大島行きの目的をもって」花巻発、仙台、水戸で途中下車した後、八日午後上京、後に「三原三部」を書くこととなった伊豆大島の伊藤七雄・チヱ兄妹を一二日、一三日ころ訪問、一四日に帰京し、二一日ころまで滞在、その後、甲府、長野、新潟、山形を経て、結局花巻に帰ったのは六月二四日のようである。在京中は図書館に通ったり、浮世絵展を見たり、築地小劇場を見物したりしている。

その後、七月二〇日「停留所にてスヰトンを喫す」を書き、七月二四日には「穂孕期」を書いている。年譜の八月一〇日の項に「花巻病院内科医長佐藤長松博士が両側肺浸潤と診断し主治医として治療に当たった。院長佐藤隆房も助言を行った」とあり、その後、一時的に下根子桜の別宅に戻ったこともあるようだが、ついには実家の別棟二階建階下南向きの部屋で病臥することとなり、事実上羅須地人協会の活動が終った。

ここまでの経過を記す途中で「停留所にてスヰトンを喫す」が一九二八年七月二〇日、「穂孕期」より四日前に書かれていることを記したのは、この作品が『春と修羅』第三集中、感銘ふかい作品だからである。冒頭には

わざわざここまで追ひかけて
せっかく君がもって来てくれた
帆立貝入りのスヰトンではあるが
どうもぼくにはかなりな熱があるらしく
この玻璃製の停留所も
なんだか雲のなかのやう
そこでやっぱり雲でもたべてゐるやうなのだ

（中略）

きみのおっかさんが拵へた、
雲の形の膠朧体、
それを両手に載せながら
ぼくはたゞもう青くくらく
かうもはかなくふるえてゐる

と始まり、次のように終る。

ああ友だちよ、
空の雲がたべきれないやうに
きみの好意もたべきれない
ぼくははっきりまなこをひらき
その稲を見てはっきりと云ひ
あとは電車が来る間
しづかにこゝへ倒れやう
ぼくたちの
何人も何人もの先輩がみんなしたやうに
しづかにこゝへ倒れて待たう

私はこの詩を読むとほとんど涙ぐまずにいられない。ただ、作者の境涯を知らない読者にどれだけ訴えるところがあるか、という意味では普遍性がなく、そういう意味で弱さがあることも否定できない。

いったい宮沢賢治はまた、ごく短い作品にその思いを凝縮させ、緊迫した声調をもつ作品をいくつか書いている。「岩手山」がそうだし、前述の「開墾」も同じである。次の「夜」は『詩稿補遺』中の作だがやはり同じ意味ですぐれた作品である。

掌がほてって寝つけないときは
手拭をまるめて握ったり
黒い硅板岩礫《イキイシ》を持ったりして
みんな昔からねむったのだ

右の作品の先駆形として新修全集は次の作品を掲載している。

手拭をまるめて握ったり
黒硅板岩礫《イキイシ》を持ったりして
寝てゐた昔の〔一字不明〕の人たちは
みんな仕事で手が熱くって
切なく寝つかれなかったのだ

しかし、さらにこれを推敲し『文語詩稿　一百篇』中に同題の次の作を収めている。

はたらきまたはいたつきて、　もろ手ほてりに耐へざるは、
おほかた黒の硅板岩礫《イキイシ》を、　にぎりてこそはまどろみき。

『文語詩稿　一百篇』の改作の方が措辞がととのい、典雅だが、『詩稿補遺』の作の方が野性的で迫力があると思われるが、どうか。

私はこれまで『詩稿補遺』中の秀作をかなり数多く引用してきた。他者とのまじわりをもつ作者の立ち位置を示す作品として、「火祭」「地主」「会見」その他である。だが、『詩稿補遺』中の最高の作品は「毘沙門天の宝庫」であると信じて疑わない。

さっき泉で行きあった
黄の節糸の手甲をかけた薬屋も
どこへ下りたかもう見えず
あたりは暗い青草と
麓の方はたゞ黒緑の松山ばかり

東は畳む幾重の山に
口がうっすりと射してゐて
谷には影もながれてゐる
あの藍いろの窪みの底で
形ばかりの分教場を
菊井がやってゐるわけだ
そのま上には
巨きな白い雲の峯
ずゐぶん幅も広くて
南は人首あたりから
北は田瀬や岩根橋にもまたがってさう
あれが毘沙門天王の
珠玉やほこや幢幡を納めた
巨きな一つの宝庫だと
トランスヒマラヤ高原の
住民たちが考へる

もしあの雲が
旱《ひでり》のときに、
人の祈りでたちまち崩れ
いちめんの烈しい雨にもならば
まったく天の宝庫でもあり
この丘群に祀られる
巨きな像の数にもかなひ
天人互に相見るといふ
古いことばもまたもう一度
人にはたらき出すだらう
ところが積雲のそのものが
全部の雨に降るのでなくて
その崩れるといふことが
そらぜんたいに
液相のます兆候なのだ
大正十三年や十四年の

はげしい旱魃のまっ最中も
いろいろの色や形で
雲はいくども盛りあがり
また何べんも崩れては
暗く野はらにひろがった
けれどもそこら下層の空気は
ひどく熱くて乾いてゐたので
透明な毘沙門天の珠玉は
みんな空気に溶けてしまった
鳥いっぴき啼かず
しんしんとして青い山
左の胸もしんしん痛い
もうそろそろとあるいて行かう

ここには他者はいないようにみえる。しかし、この作品では作者の思いにすべての農民への祈りがこめられている。しんしんと痛い胸をかかえて歩む作者は農民たちの祈りの象徴と言ってよい。いわば自他一体の境地で、見上げる積雲が熱く乾いた下層の空気に溶けることなく、雨となって土地をうるおしてくれるよう願っているわけである。それでいて、ここには孤独な作者と作者のいだいた地理的にひろがるイメージで青黒い山野がある。私たちはこれが宮沢賢治が羅須地人協会の活動のはてに到達した境地であったように思われる。

『詩稿補遺』の作品についての感想をしめくくるにさいし、ここに、作者が好んだと思われる若い女性が二人描かれていることを指摘しておきたい。一人は「法印の孫娘」である。この娘は次のとおり描かれている。

ほっそりとしたなで肩に
黒い雪袴《モッペ》とつまごをはいて
栗の花咲くつゝみの岸を
むすめは一人帰って行った
品種のことも肥料のことも
仕事の時期やいきさつも
みんなはっきりわかってゐた
あの応対も透明で

できたら全部トーキーにも撮って置きたいくらゐ
栗や何かの木の枝を
わざとどしゃどしゃ投げ込んで
おはぐろのやうなまっ黒な苗代の畦に立って
今年の稲熱の原因も
大てい向ふで話してゐた

明らかに作者はこの若い女性に好感を持っている。同様に「牧歌」の中で

さうだあの時なんでも一人
たいへん手早い娘が居た
いつでもいちばんまっさきに
畦根について一瞬立った
日が大きくてわらってゐるのは
どこかに栗鼠のきもちもあった
さうだたしかにさういふことを

おれは二へんか三べん見た

私には羅須地人協会の活動は、僅か二年半かそこらの短い期間であったこともあるが、宮沢賢治にとって身心ともに辛酸の体験が多く挫折としか評価できないと思われる。その中で、右のような詩句にめぐりあうことは読者にとって救いである。ストイックな性格だったようだが、やはり宮沢賢治も青春期にあった。

※

「三原三部」にみるべき作品はない。しかし「疾中」は感動的な詩が多い、まず、傑作としてあげるべきは冒頭の「病床」である。

たけにぐさに
風が吹いてゐるといふことである
たけにぐさの群落にも

風が吹いてゐるといふことである

病人はじかにたけにぐさやその群落を見ることができない。そのもどかしさをつよく感じている。家人がたけにぐさに風が吹いていて揺れている、と言う。病人は、群落としても風に吹かれているのか、と家人の言葉に苛立って訊ねる。そうしたもどかしさの問答の結果が一連二行、二連から成る詩になっている。境涯詠である。そう知らなければ、これが傑作であることにも気づかず、見落してふしぎでない作品である。

最後に「眼にて云ふ」を引用する。

だめでせう
とまりませんな
がぶがぶ湧いてゐるですからな
ゆふべからねむらず血も出つづけなもんですから
そこらは青くしんしんとして
どうも間もなく死にさうです
けれどもなんといゝ風でせう

もう清明が近いので
あんなに青ぞらからもりあがって湧くやうに
きれいな風が来るですな
もみぢの嫩芽と毛のやうな花に
秋草のやうな波をたて
焼痕のある藺草のむしろも青いです
あなたは医学会のお帰りか何かは知りませんが
黒いフロックコートを召して
こんなに本気にいろいろ手あてもしていたゞけば
これで死んでもまづは文句もありません
血がでてゐるにかゝはらず
こんなにのんきで苦しくないのは
魂魄なかばからだをはなれたのですかな
たゞどうも血のために
それを云へないがひどいです
あなたの方からみたらずゐぶんさんたんたるけしきでせうが

わたくしから見えるのは
やっぱりきれいな青ぞらと
すきとほった風ばかりです。

この気丈で強靭な精神、状況を正確に書きとどめる表現力、そうじていえば重篤な病床にある宮沢賢治の天才にただ脱帽するより他ない。これは境涯詠などという域をはるかに出た作品である。ただ、いかに名作であっても、この文章を「眼にて云ふ」で終るのはあまりに哀しく寂しいので、同じ「疾中」から「〔風がおもてで呼んでゐる〕」を引用して、この文章をしめくくることとする。いくらか明るい作である。

風がおもてで呼んでゐる
「さあ起きて
赤いシャッツと
いつものぼろぼろの外套を着て
早くおもてへ出て来るんだ」と
風が交々叫んでゐる

「おれたちはみな
おまへの出るのを迎へるために
おまへのすきなみぞれの粒を
横ぞっぽうに飛ばしてゐる
おまへも早く飛びだして来て
あすこの稜ある巌の上
葉のない黒い林のなかで
うつくしいソプラノをもった
おれたちのなかのひとりと
約束通り結婚しろ」と
繰り返し繰り返し
風がおもてで叫んでゐる

『文語詩稿』

いたつきてゆめみなやみし、　（冬なりき）誰ともしらず、
そのかみの高麗の軍楽、　うち鼓して過ぎれるありき。

その線の工事了りて、　あるものはみちにさらばひ、
あるものは火をはなつてふ、　かくてまた冬はきたりぬ。

『文語詩稿　五十篇』の冒頭の作「〔いたつきてゆめみなやみし〕」である。ある冬、病床に臥していた悪夢をみる夜が多かった。そんなある日、家の前の道路を古い朝鮮の軍楽を奏で、太鼓を鳴らして過ぎる一群があった。朝鮮人労働者たちはおそらく鉄道線路の工事に従事するために日本の本土に渡ってきたのであろう。工事が終ると彼らは四散し、ある者は乞食のように道路にさまよい、ある者は放火したという。こうしてまた、冬が訪れたのであった、という。

「そのかみの高麗の軍楽、うち鼓して過ぎれるありき」には朝鮮の過去の王朝の軍楽を奏でてゆく人々への敬意に近い親近感が認められるであろう。そうした朝鮮の労働者たちが失職した後の非運を

第二連はうたっている。第一連と第二連との鮮やかな対比といい、朝鮮人労働者の非運への同情を沈静な声調の五七文語調にうたいおさめていることといい、この作品はかなりの秀作と言ってよい。作者は決して激していない。ひそやかに客観的に事実をつき放してみている。その姿勢、観察者にとどまっている姿勢がかえって読者の心をうつのである。

一篇おいた第三番目の作「〈雪うづまきて日は温き〉」は次のとおりである。

雪うづまきて日は温き、　萱のなかなる荼毘壇に、
県議院殿大居士の、　柩はしづとおろされぬ。

紫綾の大法衣、　逆光線に流れしめ、
六道いまは分るらん、　あるじの徳を讃へけり。

県会議員をつとめた人物の葬儀の盛大な模様を描いた作品である。「あるじの徳を讃へけり」と結んでいるけれども、作者が讃えているわけではない。作者はいかなる批判もしていない。傍観者に徹している。こうした葬儀を莫迦らしいと思ったり、虚礼にすぎないと思ったり、亡くなった県議はそうした葬儀にふさわしい人徳のあった人だったにちがいない、と思ったり、どう思おうとも、読者の

勝手である。作者は非情な眼差しで葬儀を見、描いている。
二篇とばして次の「上流」は次のとおりである。

秋立つけふをくちなはの、　沼面はるかに泳ぎ居て、
水ぎぼうしはむらさきの、　花穂ひとしくつらねけり。

いくさの噂さしげければ、　蘆刈びともいまさらに、
暗き岩頸　風の雲、　天のけはひをうかゞひぬ。

満洲事変がおこったのが一九三一年九月一八日、宮沢賢治が「雨ニモマケズ」をその手帳に書いたのが同じ年の一一月三日であった。それ故、一九二九、三〇年ころ、「いくさの噂さしげければ」という状況であったろう。蘆を刈る農夫が「天のけはひを」うかがったところで、どうなるわけでもない。戦争の噂に不安を感じ、あたりを見廻した、というほどの意であろう。秋立つ、さわやかな日、自然は秋の気配を感じさせている。この第一連に対比して、戦争の噂に不安を感じている農民が第二連で描かれている。これはかなりとりとめない作品だが、当時の農村の一風景の忠実な描写であるといってよい。宮沢賢治はじつによく見、よく観察する人であった。

次の「〈打身の床をいできたり〉」は『文語詩稿　五十篇』中でも屈指の作と思われる。

打身の床をいできたり、　　箱の火鉢にうちゐれば、
人なき店のひるすぎを、　　雪げの川の音すなり。

粉のたばこをひねりつゝ、　　見あぐるそらの雨もよひ、
蠣売町のかなたにて、　　人らほのかに祝ふらし。

宮沢賢治が煙草を喫ったとは聞いたことがないから、この作品中で雪解の川音を聞き、遠い町の祝いの声を聞いているのは宮沢賢治自身ではないかもしれない。彼であるかどうかはともかく、病床から起き上り、箱火鉢の脇に座ったが、所在ない。彼は孤独である。雪解の川を見に行くこともできないし、何かしら祝い事が催されているらしいが、確かめに行くこともできない。耳を澄まし、雪解の川音を聴き、祝い事らしい声を聴いている。その侘びしい心情と情景が惻々と心に迫る。『文語詩稿』中の秀作と考える。

※

『文語詩稿』はいわば羅須地人協会の時期における抱負、野心、夢想などへの訣別による作品である。あるいは、東北砕石工場の時期の体験からの訣別の気持もふくまれているかもしれない。未定稿を含め、『文語詩稿』中、羅須地人協会の時期を回想した作品は次の「饗宴」一篇だけである。

ひとびと酸き胡瓜を噛み
やゝに濁れる黄の酒の
陶の小盃に往復せり
そは今日賦役に出でざりし家々より
権左エ門が集め来しなれ
まこと権左エ門の眼双に赤きは
尚褐玻璃の老眼鏡をかけたるごとく
立つて宰領するこの家のあるじ
熊氏の面はひげに充てり

榾のけむりは稲いちめんにひろがり
雨は滃々青き穂並にうち注げり
われはさながらわれにもあらず
稲の品種をもの云へば
或いはペルシャにあるこゝちなり
この感じ多く耐へざる
脊椎の労作の後に来り
しばしば数日の病を約す

げにかしこにはいくたび
赤き砂利をになひける
面むくみしつ弱き子の
人人の背後なる板の間に座りて
素麵をこそ食めるなる
その赤砂利を盛れる土橋は
楢また檜の暗き林を負ひて

ひとしく雨に打たれたれど
ほだのけむりははやもそこに這へるなり

『春と修羅』第三集の検討にさいし引用した同題の口語詩作品「饗宴」と同じ素材による、『詩稿補遺』中の作品「〔みんなは酸っぱい胡瓜を嚙んで〕」と比較するため、後者を以下に引用する。

みんなは酸っぱい胡瓜を嚙んで
賦役に出ない家々から
集めた酒をのんでゐる
中で権左エ門の眼は
眼がねをかけたやうに両方あかく
立って宰領する熊氏の顔はひげ一杯だ
榾のけむりは稲いちめんにひろがって
雨はどしどしその青い穂に注いでゐる
おれはぼんやり稲の種類を答へてゐる
さっき何べんも何べんも

あの赤砂利をかつがせられた
顔のむくんだ弱さうな子は
みんなのうしろの板の間に
座って素麺《むぎ》をたべてゐる
その赤砂利を盛った新らしい土橋は
楢や杉の暗い陰気な林をしょって
やっぱり雨に打たれてゐる
はだのけむりがそこまで青く這ってゐる

口語詩の方が文語詩よりもはるかに迫力、現実感があることは異論がないだろう。たとえば、

雨は漟々青き穂並にうち注げり

よりも

雨はどしどしその青い穂に注いでゐる

の方が気取ってもいないし、じかに読者の心に響くだろう。文語詩の方が記録性において口語詩より丁寧かもしれない。この賦役に参加したために数日後に脊椎に痛みを感じることとなったことは文語詩だけに認められる事実である。あるいは、この事実を記すために羅須地人協会の時期の行動からこの饗宴だけを文語詩としても書きとどめることにしたのかもしれない。また、『文語詩稿　一百篇』に続く定稿をまとめるさいには、これは省かれたかもしれない。『文語詩稿』を書いていた時期には羅須地人協会（それに東北砕石工場）の体験を切り捨てていった。平静、無私に、世相、社会などを精緻に傍観することを選んでいた。気負いのない傍観者として詩型を選ぶとすれば、『春と修羅』にみられたような自由で奔放な、また時に沈静にうたった口語詩よりも、おおむね音数律をもつ、端正、ときに典雅な、文語詩がふさわしいと言えるだろう。

そういう観点から読み直すと、宮沢賢治の文語詩には卓抜な秀作が数多く存在する。以下に、それらの作品を検証することとする。

※

そのときに酒代つくると、　夫《つま》はまた裾野に出でし。

そのときに重瞳の妻《め》は、　はやくまた闇を奔りし。
柏原風とゞろきて、　さはしぎら遠くよばひき。
馬はみな泉を去りて、　山ちかくつどひてありき。

右の作「〔そのときに酒代つくると〕」の第一連は先駆形では次のとおりである。

風あらき外の面の暗に
馬盗ると夫は出て行き
重瞳の妻はあやしく
仇し男のおとづれ待てり

であり、第一連の意味が分りやすい、しかし作者はことさらに謎めいた推敲をしている。
第二連は夜の高原の風景だろうが、第一連は謎めいている。酒を飲みたいばかりに夫は出ていった。その間、かさねひとみの妻は出奔し、闇にまぎれた、という。妻は酒に溺れる夫に愛想をつかしたのか、あるいは情夫の許に走ったのか。第三者には分らない。夫婦の間に何があったのか、第三者には知りようがない。ただ柏やさわしぎや馬はいつもと変らず夜を過している。この夫婦の謎と柏原などとの対比が、いったい何がおこったのか、という好奇心を読者にいだかせ、この小品の完成形に興趣の深みをもたらしている。

萌黄いろなるその頸を、　直くのばして吊るされつ、
吹雪きたればさながらに、　家鴨は船のごとくなり。

絣合羽の巡礼に、　五厘報謝の夕まぐれ、
わかめと鱈に雪つみて、　鮫の黒身も凍りけり。

右の「〔萌黄いろなるその頸を〕」は、真冬の町の寸描である。吊るされた家鴨は吹雪に船のように揺れ、わかめや鱈に雪がふりつみ、鮫が黒光りして凍っている。田中冬二の詩境に近いが、宮沢賢治の眼差しには思い入れがない。冷静に突き放して家鴨や鮫を見ている。その傍観者はいかなる感情移入もしていない。それだけに真冬の町の風景は凄然と厳しい。

「流氷《ザエ》」は次のとおりの作品である。

はんのきの高き梢《うれ》より、　きらゝかに氷華をおとし、
汽車はいまやゝにたゆたひ、　北上のあしたをわたる。

見はるかす段丘の雪、　なめらかに川はうねりて、
天青石《アヅライト》まぎらふ水は、　百千の流氷《ザエ》を載せたり。

あゝきみがまなざしの涯、　うら青く天盤は澄み、
もろともにあらんと云ひし、　そのまちのけぶりは遠き。

南はも大野のはてに、　ひとひらの吹雪わたりつ、
日は白くみなそこに燃え、　うららかに氷はすべる。

「日は白くみなそこに燃え」は独特で目立つが、それはともかく、この典雅な作品は愛する人をうたっているにちがいない。同じように典雅な作に「〔きみにならびて野にたてば〕」がある。

きみにならびて野にたてば、　風きららかに吹ききたり、

柏ばやしをとゞろかし、　　　枯葉を雪にまろばしぬ。

げにもひかりの群青や、　　　山のけむりのこなたにも、
鳥はその巣やつくろはん、　　ちぎれの艸をついばみぬ。

しかし、この作の先駆形の第三連、第四連は次のとおりである。

「さびしや風のさなかにも
鳥はその巣を繕はんに
ひとはつれなく瞳《まみ》澄みて
山のみ見る」ときみは云ふ

あゝさにあらずかの青く
かゞやきわたす天にして
まことと恋するひとびとの
とはの園をば思へるを

宮沢賢治にこの当時愛する女性が存在したのか、あるいは過去の愛情を思いだして、この詩を書いていたのか、分らない。ただ、先駆形からみれば、彼は愛を地上で成就させることは考えていなかった。むしろ天上で成就すべきものと考えていたようである。そのためか、これら典雅な詩には清らかな感じがある。

ところが「〔川しろじろとまじはりて〕」をあわせ読む必要があるかもしれない。この詩は清らかでなく、作者は苦痛に喘いでいる。

川しろじろとまじはりて、
うたかたしげきこのほとり、
病きつかれわが行けば、
そらのひかりぞ身を責むる。

宿世のくるみはんの毬、
干割れて青き泥岩に、
はかなきかなやわが影の、
卑しき鬼をうつすなり。

蒼茫として夏の風、
草のみどりをひるがへし、
ちらばる蘆のひら吹きて、
あやしき文字を織りなしぬ。

生きんに生きず死になんに、　　得こそ死なれぬわが影を、
うら濁る水はてしなく、　　さ、やきしげく洗ふなり。

この作品の先駆形は四連から成るが、その第三連、第四連は次のとおりである。

風蒼茫と、
草緑を吹き、
あてなく投ぐるわが眼路や、
きみ来ることの
よもなきを知り
なほうち惑ふ瞳かな

尖れるくるみ、
巨獣のあの痕、
磐うちわたるわが影を、

濁りの水の
かすかに漂ふ
修羅の渚にわが立てる

最終形の「卑しき鬼」は先駆形の「修羅」かもしれない。先駆形と完成形とをあわせ考えると、修羅は『春と修羅』以後じつに久しぶりに接する言葉だが、『春と修羅』における修羅が作者そのものの痛切な分身ともいうべき存在だったのに対し、ここでいう「鬼」あるいは「修羅の渚」は作者の影である。作者は愛する人が来ないことを知り、生きることも思うように生きられず、死ぬこともできぬ、わが身を嘆いているにとどまる。「〔川しろじろとまじはりて〕」は悲しいが、端正である。作者が自己を客観的に見ているために、このような心をうつ作が生れたと思われる。なお、『文語詩稿　一百篇』中の「肖像」の先駆形の一つも「修羅白日」と題されている。この作については後に記す。

『文語詩稿　五十篇』中、作者が傍観者として、村の風景を描いている作品「村道」を次に示す。

朝日かゞやく水仙を、　　　　　　　　になひてくるは詮之助、
あたまひかりて過ぎ行くは、　　　　　枝を杖つく村老ヤコブ。

影と並木のだんだらを、　犬レオナルド足織れば、
売り酒のみて熊之進、　赤眼に店をばあくるなり。

※

以上に『文語詩稿　五十篇』中、秀逸と考える作、いかにも宮沢賢治の文語詩らしい作その他目立つ作品を摘記したが、次いで『文語詩稿　一百篇』の中から同様に摘記する。

まず冒頭に収められている「母」と題する作品を引用する。

雪袴黒くうがちし　うなゐの子瓜食《は》みくれば
風澄めるよもの山はに　うづまくや秋のしらくも
その身こそ瓜も欲りせん　齢弱《としわか》き母にしあれば
手すさびに紅き萱穂を　つみつどへ野をよぎるなれ

貧しい若い母親のいじらしさを描く情景が好ましい作である。

「岩手公園」は次のとおりである。

「かなた」と老いしタピングは、
杖をはるかにゆびさせど、
東はるかに散乱の、
さびしき銀は声もなし。

なみなす丘はぼうぼうと、
青きりんごの色に暮れ、
大学生のタピングは、
口笛軽く吹きにけり。

老いたるミセスタッピング、
「去年《こぞ》なが姉はこゝにして、
中学生の一組に、
花のことばを教へしか。」

弧光燈《アークライト》にめくるめき、
羽虫の群のあつまりつ、
川と銀行木のみどり、
まちはしづかにたそがるゝ。

『文語詩稿』の宮沢賢治は風景画家である。ただ、この一行はタピングの次女が同行しているようだが、次女の動作、言葉が欠けているのはどうしてか。また、『ビジテリアン大祭』に祭司次長としてジャワの宣教師ウィリアム・タッピングという人物が登場するが、同一人物であろうか。

「選挙」は次のとおりで

（もつて二十を贏《か》ち得んや）　はじめの駑馬《うま》をやらふもの
（さらに五票もかたからず）　雪うち嚙める次の騎者
（いかにやさらば太兵衛一族《まき》）　その馬弱くまだらなる
（いなうべがはじうべがはじ）　懼る、声はそらにあり

町会議員かの選挙の得票数の予想をしている情景である。最後の「いなうべがはじ」は「いなうべなはじ」の誤記あるいは訛りではあるまいか。そう解すれば太兵衛一族の票はどうかと訊ねると、承知しないだろう、と答えたことになる。それにしても作者は「懼る、声はそらにあり」と言い、結局、民意は天意によって定まるのだ、という感想を述べ、得票予想の空しさを語っているようである。父政次郎が町会議員に立候補し、落選したことがあるので、その時の選挙事務所の風景ではないか。こ

こでは作者は高みにいて傍観しているようである。ただし、詩としてはみるべきところはない。
「〔みちべの苔にまどろめば〕」という作品を読む。

みちべの苔にまどろめば、　日輪そらにさむくして、
わづかによどむ風くまの、　きみが頬ちかくあるごとし。

まがつびここに塚ありと、　おどろき離《か》る、この森や、
風はみそらに遠くして、　山なみ雪にたゞあえかなる。

日が翳り、きみの頬が近くにあるようだ、と第一連で書き、不幸・災難をもたらす地霊を祀る塚に気づいて立ち去るという第二連から成るこの詩は決してすぐれた作とはいえないが、仄かな抒情が感じられるので、あげてみた。
「肖像」は

朝のテニスを慨《なげか》ひて、　額は貢《たか》し、雪の風。

入りて原簿を閲すれば、　　その手砒硫の香にけぶる

という二行の詩だが、この先駆形の一つは、「修羅白日」と題し、

横雲来れば雲は灼熱
ふたたび人はいきどほろし
横雲去れば日は光耀
郡役所の屋根ほどもなし。

という第四連に続き、

あゝ修羅のなかにたゆたふ
また　青青と　かなしめり。

とあり、それも第一連の「人のテニスはいきどほろし」という憤怒を修羅と表現しただけで修羅に格別の意味はない。

そこで傑作「旱害地帯」を読む。

多くは業にしたがひて　指うちやぶれ眉くらき
学びの児らの群なりき
花と侏儒とを語れども　刻めるごとく眉くらき
稔らぬ土の児らなりき
……村に県《あがた》にかの児らの　二百とすれば四万人
四百とすれば九万人……
ふりさけ見ればそのあたり　藍暮れそむる松むらと
かじろき雪のけむりのみ

作者は悲憤もしなければ慷慨もしていない。平静に事実を叙述しているにすぎない。しかし、万斛の涙をこらえている。これが宮沢賢治が見た一九二〇年代後半から三〇年代初頭の東北農村の実状であった。

「〔われのみみちにたゞしきと〕」を読む。

われのみみちにたゞしきと、　ちちのいかりをあざわらひ、
ははのなげきをさげすみて、　さこそは得つるやまひゆゑ、
こゑはむなしく息あへぎ、　春は来れども日に三たび、
あせうちながしのたうてば、　すがたばかりは録されし、
下品ざんげのさまなせり。

宮沢賢治は法華経の熱心な信者であった。そのため、真宗信者であった父母と生き方について見解を異にすることが多かった。ここでたしかに彼は反省しているのだが、彼が反省すべきは信仰上の違いによるものだけではなかったはずである。それでも、この作は彼の真率な告白だったにちがいない。

「硫黄」と題する作を引用する。

猛しき現場監督の、　こたびも姿あらずてふ、
元山あたり白雲の、　澱みて朝となりにけり。

青き朝日にふかぶかと、　小馬《ポニー》うなだれ汗すれば、
硫黄は歪み鳴りながら、　か黒き貨車に移さるゝ。

佳作とは言えないが、確実な写生と格調の高さはみるに値すると思われる。
「〔鶯宿はこの月の夜を雪ふるらし〕」は例外的に長い作品だが、宮沢賢治の風土に対する愛情の溢れた抒情を私は読みすてがたく感じている。

鶯宿はこの月の夜を雪ふるらし。
鶯宿はこの月の夜を雪ふるらし、　黒雲そこにてたゞ乱れたり。
七つ森の雪にうづみしひとつなり、　けむりの下を逼りくるもの。
月の下なる七つ森のそのひとつなり、　かすかに雪の皺たゝむもの。
月をうけし七つ森のはてのひとつなり、　さびしき谷をうちいだくもの。
月の下なる七つ森のその三つなり、　小松まばらに雪を着るもの。
月の下なる七つ森のその二つなり、　オリオンと白き雲とをいたゞけるもの。
七つ森の二つがなかのひとつなり、　鉱石《かね》など堀りしあとのあるもの。

月の下なる七つ森のなかの一つなり、　雪白々と裾を引くもの。
月の下なる七つ森のその三つなり、　白々として起伏するもの。
七つ森の三つがなかの一つなり、　貝のぼたんをあまた噴くもの。
月の下なる七つ森のはての一つなり、　けはしく白く稜立てるもの。
稜立てる七つ森のそのはてのもの、　旋り了りてまこと明るし。

抑制された調べの底にしみじみとした愛着が感じられ、読みすすむにしたがい、私の感情のたかぶりを覚える。

「〔ひかりものすとうなゐごが〕」も傍観者の風景を見る暖かい眼差しが印象的である。

ひかりものすとうなゐごが、　ひそにすがりてゆびさせる、
そは高甲の水車場の、　こなにまぶれしそのあるじ、
にはかに咳し身を折りて、　水こぼこぼとながれたる、
よるの胡桃の樹をはなれ、　肩つゝましくすぼめつゝ、
古りたる沼をさながらの、　西の微光にあゆみ去るなり。

次の「四時」は『文語詩稿』の詩風の特徴を見事に表現している、写実的でありながら、写実に詩を見出している作である。

時しも岩手軽鉄の、　待合室の古時計、
つまづきながら四時うてば、　助役たばこを吸ひやめぬ。

時しも赭きひのきより、　農学生ら奔せいでて、
雪の紳士のはなづらに、　雪のつぶてをなげにけり。

時しも土手のかなたなる、　郡役所には議員たち、
視察の件を可決して、　はたはたと手をうちにけり。

時しも老いし小使は、　豚にゑさかふバケツして、
農学校の窓下を、　足なづみつゝ過ぎしなれ。

この作は第四連に感興があり、第二連にやや難があると言えるかもしれない。とはいえ、感興はあ

っても、感銘は淡い。

「〈廐肥をになひていくそたび〉」は次の作品である。

廐肥をになひていくそたび、　まなつをけぶる沖積層《アリビーム》、
水の岸なる新墾畑《にひばり》に、　往来もひるとなりにけり。

エナメルの雲　鳥の声、　唐黍焼きはみてやすらへば、
熱く苦しきその業に、　遠き情事のおもひあり。

末行がいかにも意外であり、謎めいている。この情事は遠い日の廐肥はこびのさいに、疲れて一休みし、唐《とう》もろこしを食べながら、男女が情事をもったという回想を誘ったのでなかろうか。農民の男女のひそかな出来事を暗示する、情趣のふくらみが読み所だろう。

「〈小きメリヤス塩の魚〉」は次のとおりである。

小きメリヤス塩の魚、　藻草花菓子烏賊の脳、
雲の縮れの重りきて、　風すさまじく歳暮る、。

はかなきかなや夕さりを、　　なほふかぶかと物おもひ、
街をうづめて行きまどふ、　　みのらぬ村の家長たち。

第二連が心をうつ。貧しい歳晩の買い物をしたものの、なお思い悩む貧しい家長たちを宮沢賢治は突き放した冷静な眼差しで見ている。内心で同情はしていても、傍観者の位置に立っている。そのことが、感動させるといえば、この詩の読者を感動させるのである。これが『文語詩稿』の魅力といってよい。

『文語詩稿　一百篇』を拾い読みして、その感興をさぐってきて最後に「賦役」をあげることとする。これは羅須地人協会の時期の回想にちがいない。

みねの雪よりいくそたび、　　風はあをあを崩れ来て、
萌えし柏をとゞろかし、　　きみかげさうを軋らしむ。

おのれと影とたゞふたり、　　あれと云はれし業なれば、
ひねもす白き眼して、　　放牧《のがひ》の柵をつくろひぬ。

白き眼をしているのが宮沢賢治自身かどうかははっきりしない。彼を白眼視してした部落の農民かもしれない。誰にしても、賦役は愉しい仕事ではなかった。耐えしのばなければならない、部落の人々の義務であった。この作品でも、宮沢賢治は傍観者、観察者の立場から賦役を回想しているのである。

※

『文語詩稿』の「五十篇」「一百篇」にもまだ引用したい作品はあるが、それらに収められている作品の感興、特質は一応これまでの記述で伝えることができたとみなし、『文語詩未定稿』として収められている作品を読むこととする。

『文語詩未定稿』中随一の作としてあげるべきは「〔ながれたり〕」にちがいない。

ながれたり
　夜はあやしく陥りて
　ゆらぎ出でしは一むらの
　陰極線の盲《しひ》あかり

　　また蛍光の青らむと
　　かなしく白き偏光の類

とはじまる約七〇行の長篇詩だが、肝心な句は

　青ざめし人と屍　数もしら
　水にもまれてくだり行く
　水いろの水と屍　数もしら
　　（流れたりげに流れたり）

という光景がただ続く。末尾を示せば

　おゝ頭ばかり頭ばかり
　きりきりきりとはぎしりし
　流れを切りてくるもあり

死人の肩を嚙めるもの
さらに死人のせを嚙めば
さめて怒れるものもあり

ながれたりげにながれたり
川水軽くかゞやきて
たゞ速かにながれたり
　（そもこれはいづちの川のけしきぞも
　人と屍と群れながれたり）

あゝ流れたり流れたり
水いろなせる屍と
人とをのせて水いろの
水ははてなく流れたり

まさにこれは地獄絵図である。宮沢賢治はいつも生と死とを考えていた。地獄を考えていた。これほど凄惨な光景を詩として表現した詩人を私は他に知らない。ただ、光景が凄惨なのに、格調に乱れがないことは心にとめてよいと思われる。

「〈まひるつとめにまぎらひて〉」を読む。

まひるつとめにまぎらひて
きみがおもかげ来ぬひまは
こころやすらひはたらきし
そのことなにかねたましき

新月きみがおももちを
つきの梢にかゝぐれば
凍れる泥をうちふみて
さびしく恋ふるこゝろかな

典雅な恋愛詩である。この恋慕の心情は、かなりに複雑なものであることは第一連が示しているし、単純にみえる第二連でも「恋ふるこゝろ」が「さびし」いという。これを「やるせなく」とでも表現すれば、もっと恋慕の気持の光と陰翳が饒舌に語られたであろう。こうした真の心情から距離をおいて、格調正しくまとめるのが『文語詩稿』の詩法であったと私は考える。「烏百態」も宮沢賢治の稀有の才能を示す作といってよい。

雪のたんぼのあぜみちを
ぞろぞろあるく烏なり

雪のたんぼに身を折りて
二声鳴けるからすなり

こうした二行一連を一三連書きつらねている。

宮沢賢治はすぐれた観察者であった。その観察を表現する才能に恵まれていた。ただ、作者が感興を覚えるほどには読者が覚える感銘はしごく淡い。そういう意味では僅か五行の作だが「〔たゞかたくなのみをわぶる〕」が読者の心をつよく揺さぶるといえるかもしれない。

……たゞかたくなのみをわぶる

なにをかひとにうらむべき……

ましろきそらにはゞたきて
ましろきそらにたゆたひて
百舌はいこひをおもふらし

読者は、侘びしくかたくなに生きているからといって他人に恨むべきことではない、無心に空にはばたいている百舌もそろそろ翼を休めたいと思っているかもしれないが、ただ、百舌の気持を他人は知らないのだ、という。私は好ましい小品と考える。かなりに心惹かれる作である。だが、この作をよそよそしく感じることも事実であり、こうした感じを『文語詩稿』の多くに私はいだくのである。
「〔ひとひははかなくことばをくだし〕」は私にはほとんど涙ぐまずには読めない作である。

ひとひははかなくことばをくだし
ゆふべはいづちの組合にても
一車を送らんすべなどおもふ
さこそはこゝろのうらぶれぬると

たそがれさびしく車窓によれば
外の面は磐井の沖積層を
草火のけむりぞ青みてながる

この作については「東北砕石工場」の章に詳しく述べたので、以下は略す。
「〔あくたうかべる朝の水〕」は読み捨てがたい作である。

あくたうかべる朝の水
ひらととびかふつばくらめ
苗のはこびの遅ければ
熊ははぎしり雲を見る

苗つけ馬を引ききたり
露のすぎなの畔に立ち
権は朱塗の盃を
ましろきそらにあふぐなり

熊、権はいずれも農民の略称であろう。苗つけ時の農村風景を作者は正確にみているわけだが、熊に同情しているわけでもなく、権を非難しているわけでもない。あくまで傍観者として二人の農民のいる風景を描いているのである。

引用すれば限りないので、『文語詩稿』の検討はここで筆を擱くこととする。これらの詩にみられる作者の姿勢は、あるいは、唐詩選に収められた詩人たちの作風から影響をうけているかもしれない。

東北砕石工場

新修全集第六巻所収「文語詩未定稿」中次の作が収められている。冒頭の一行を採って「〔ひとひははかなくことばをくだし〕」と題されている。

ひとひははかなくことばをくだし
ゆふべはいづちの組合にても
一車を送らんすべなどおもふ
さこそはこゝろのうらぶれぬると
たそがれさびしく車窓によれば
外の面は磐井の沖積層を
草火のけむりぞ青みてながる

屈撓余りに大なるときは
挫折の域にも至りぬべきを

いままた怪しくせなうち熱り
胸さへ痛むはかつての病
ふたゝび来しやとひそかに経れば
芽ばえぬ柳と残りの雪の
なかばはいとしくなかばはかなし
あるいは二列の波ともおぼえ
さらには二列の雲とも見ゆる
山なみへだてしかしこの峡に
なほかもモートルとゞろにひゞき
はがねのもろ歯の石噛むま下
そこにてひとびとあしたのごとく
けじろき石粉をうち浴ぶらんを

あしたはいづこの店にも行きて
一車をすゝめんすべをしおもふ
かはたれはかなく車窓によれば

野の面かしこははや霧なく
雲のみ平らに山地に垂る丶

この作の直前の「〔せなうち痛み息熱く〕」の作は

せなうち痛み息熱く
待合室をわが得るや

と始まり、

二月の末のくれちかみ
十貫二十五銭にて
いかんぞ工場立たんなど
そのかみのシャツそのかみの
外套を着て物思ふは
こ丶ろ形をおしなべて

今日落魄のはてなれや

の句を含んでいる。また、「〔ひとひははかなく〕」と同じく「王冠印手帳」の「〔隅にはセキセイインコいろの白き女〕」には「二月の末の午后にありしか」と終る第一連に続き

あゝ今日は
一貫二十五銭にては
引き合はずなど
ぐたぐれの外套を着て考ふることは
心よりも
物よりも
わがおちぶれしかぎりならずや

とある作の心境が共通している。新校本全集第十三巻（上）校異篇によれば、「王冠印手帳」の使用時期は一九三一（昭和六）年二月一七日前後から五月末前後という。私はこれらの未定稿の詩を読むと、宮沢賢治の生前最後の仕事となった東北砕石工場とのかかわりを思い、ほとんど涙ぐむ思いがある。

※

東北砕石工場の経営者鈴木東蔵と宮沢賢治との関係が生じたのは、一九二九（昭和四）年一〇月二四日、鈴木が宮沢賢治を訪ねたときが最初であった。新校本全集第十六巻（下）の年譜、同年同月同日の項に次の記載がある。

「東磐井郡松川駅前、東北砕石工場主鈴木東蔵、はじめて賢治を訪問する。鈴木は前年花巻町上町の渡辺肥料店から石灰石粉二車の注文を受けたが、この年は注文が得られないので同店を訪れた。渡辺肥料店の話によると宮沢という人が石灰をすすめた年は売れ、病気で倒れると全然注文がなくなったという。その人はもと農学校の先生で肥料の神さまといわれ、農民のために奔走したことを教えられ、その足で賢治を見舞ったのである。このとき石灰の効用について科学的な知識を与えられ、その後「石灰石粉の効果」と題する広告を作製した。」

一二月一二日の項に次の記載がある。

「この日付で東北砕石工場主鈴木東蔵より広告文（「石灰石粉の効果」の文案）と共に、金肥連用による悪副作用の理由と酸性土壌を一般にわからせる解説を求めてくる。それについて答える（書簡250）。ついで広告文のまちがいを訂し、学術的な補いをする。また鈴木からの二通の手紙の宛名で「賢治」

を「健二」と誤記してきたことの訂正もする（書簡251）。」

金肥とは化学肥料をいう。化学肥料は金を支払わなければ購入できないからである。なお鈴木は「賢治」を「健二」と誤記することも気にしない粗雑な性格の人物であったようである。これに反し、宮沢賢治がどれほど細心、几帳面な人物であったかは書簡（251）の返信から窺うことができる。

「拝復　御照会の広告文案中石灰の間接肥効に関する件左の如くに御座候

「一、土壌に石灰を施用すれば腐植質の分解を旺盛ならしめ従て腐植質中の窒素は可給態となり石灰は恰も間接の窒素肥料の如く作用す（諸教科書諸実験随所にあり）

二、仝、石灰は土壌中の不可給態なる燐酸鉄及燐酸礬土に作用して之を漸効ある燐酸二石灰乃至燐酸三石灰に変ず（大工原土壌学其他に明文あり）

仝、石灰は腐植質を分解して腐植質中の燐酸（フィチン態、レシチン態等）を植物に供給す

故に間接の燐酸肥料と称せらる（小生盛岡にて分析実験せり）

元来燐酸は一反歩の土壌には三百貫平均を保有し、年二貫を消費するもよく百数十年間施肥を示し得べき筈なるもその然らざるは之等が多く不可給態なるによる

三、仝、石灰は土壌中の多くの場合不可給なる珪酸加里を炭酸に変じ植物に給与す

仝、腐植質中の加里燐酸の場合に準ず

故に間接の加里肥料と称せらる。

四、次に前文の広告文中炭酸石灰三十貫を使用しての所に過燐酸五六貫と加へ置く方或は穏当ならん」

序ながら小生の名前は宮沢賢治に有之候　以上御返事迄　　敬具」

右の広告文案には盛岡高農の卒業論文（得業論文と称したという）「腐植質中ノ無機成分ノ植物ニ対スル価値」における研究が生かされているようである。

翌一九三〇（昭和五）年に入り、新校本全集の年譜、四月一二日の項に次の記載がある。

「東北砕石工場の鈴木東蔵来訪。合成肥料調整の相談を受ける。鈴木は石灰を基本とした肥料製造販売を考え、その具体案を求めたのである。なおこの当時浜口内閣の肥料政策に対し朝日新聞社説は「肥料を安くさせぬ政治」と題して営利会社を保護する政治のあり方を非難した。」

年譜にいう朝日新聞は三月一八日付、社説は柳田国男の筆になる、と年譜の注にある。

宮沢賢治は翌四月一三日鈴木宛書簡262を送っている。

「拝啓　昨日は折角の御来花に何の風情も無之甚失礼仕候　その節は亦結構なる御土産頂戴仕厚く御礼申上候

扨その際お詞の合成肥料調整の件大体左の如くにては如何に候や

◎調合歩合　　石灰石粉九貫六百五十匁

十貫に付　「加里肥料」（肥料名）三〇％加里三百五十匁

◎右による加里保証含量　一、〇％強）
◎右価格　　石灰石粉三十銭乃至三十五銭
　十貫に付　「加里肥料」十一銭五厘乃至十二銭五厘
◎右を反当三十貫水稲に施したる場合の増収玄米最低二斗
　仝　　　　大麦に施したる場合の仝上　　最低三斗
◎備考「加里肥料」は硫酸加里を主成分とし調合には最適なるが如し。一車は八噸十貫当り三円三十銭の割合、一車以下は三円五十銭位、価格変動なし
尚右充分御考慮の上実行の際は御不審の点御遠慮なくご照会願上候　先は右御報迄
四月十三日　　　　　　　　　　　　　　　　　　　　　　　　　　　　　　敬具」

石灰石粉の価格に比し、加里肥料の高価なことに驚くが、僅か一％の加里肥料を混入しただけで水稲で二年、大麦で三年の増収（この量は分らないにしても、）が見込めるということにも無知な私は驚く他ない。それにしても宮沢賢治の懇切な回答にも彼の人格の高潔さを知ることができるように思われる。

ただ、同年五月七日付鈴木東蔵宛書簡（書簡番号265）には次のとおり書かれている。

「配合の件肥料法該当品としては何としても窒素燐酸加里の孰れかを以てするより仕方なき法文に有之先日の加里混合不許可とすれば燐鉱粉などを混じても矢張同様に有之べく其遺憾の次第に御座

候」

こうして、折角の宮沢賢治の返信案も実現には至らなかった。

ただ、ここまでは、宮沢賢治が鈴木東蔵から意見を求められ、これに回答するというかたちで東北砕石工場とかかわっていたが、こうした受動的姿勢から積極的にかかわっていくことになる。これには新校本全集の年譜、同年八月の項に「「文語詩篇」ノートに、「八月　病気全快」」とある健康状態の変化が大きく影響していたであろう。

※

新校本全集書簡273の九月二日付鈴木東蔵宛書簡で宮沢賢治は次のとおり予告した。

「拝啓　残暑之候倍々御清栄奉大賀候

扨今般当郡湯口村有志数名貴工場へ見学に罷出度趣参上の上は相当量御取引願度由に有之候間何分宜敷奉願上候

次に小生も病気全く退散来春よりは仙台に出づる予定にて有之候へ共今冬は尚当地にて店の手伝など致す積りに有之若し御事情宜しければ孰れかの一地方御引受各組合乃至各戸へ名宛にて広告の上売込方に従事致しても宜敷其辺の御心持伺上候　尤も右仕事は旧正月迄には一段落を付ける様の心構へ

に非ざれば明年の需要には遅るゝかと愚考仕候　先は右御伺迄如斯御座候　敬具」

年譜には「これに対し、有志諸氏はいつ来るか、また、いずれの区域でもぜひ販売方を願いたい旨の返書がくる」とあって、九月一三日の次の記述に続く。

「花巻より一ノ関へ南下、大船渡線にのりかえ、真滝、陸中門崎を過ぎ、砂鉄川の河谷を北へのぼると陸中松川駅である。二列の山並にはさまれた細長い村が長坂村で名勝猊鼻渓があり、駅から一〇〇メートル余のところに東北砕石工場がある。この日午前一一時半過ぎ到着、初めての訪問をした。このとき鈴木東蔵は不在、留守の人から案内をうけ、経営の苦心を聞きその家で小憩した。石灰岩抹を土壌改良および肥料に用いることは関教授から教えを受けており、一九二三（大正一二）年花巻農学校生徒を引率した北海道修学旅行で石灰会社を見学、復命書でも特にこの問題をとりあげて「早くかの北上山地の一角を砕き来りて我が荒涼たる洪積不良土に施与し草地に自らなるクローバーとチモシイとの波を作り耕地に油々漸々たる禾穀を成ぜん」と書いており、積極的協力の意思をもつ。」

この翌日、九月一四日書簡274で宮沢賢治は鈴木東蔵宛に

「拝啓　昨日午前十一時貴工場迄御邪魔に参上仕候処生憎未だに御不在中にてまことに遺憾に存候へ共御留守のお方より詳細に御案内を頂き経営上の御苦心等をも色々伺ひ甚感佩仕候　就て今後の御方針は貴方にて充分御研究の上若し必要も有之候はば小生も一分御協力申上度御座候　尤も小生のみ

の考にては可成小人数小設備にて先づ全能力を挙げて需要をも開拓し製品をも産出し全く事情拡張を要したる際現今の十倍位の設備となしては如何と存じ参り候　孰れは是等諸点数回の手簡にて次第に御照会被成下度場合に依ては資金調達に関する趣意書乃至計画書の如きものを今秋中に作成可致候先は右御礼乍ら　敬具

追て別紙は昨日の留守のお方へお渡奉願候。」

新校本全集の年譜は宮沢賢治が鈴木東蔵に送った「貴工場に対する献策」がその一つである、とし、新校本全集第十四巻雑纂・本文篇に具体的に記している。この献策は、東北砕石工場の事業について宮沢賢治がどれほどふかく、かつ、具体的関心をもっていたかを示しているという意味で、きわめて意義ある書面である。

「貴工場に対する献策」は六項目から成る。

第一は「販売名称に就て」と題し、「石灰岩を粉砕した肥料を、従来石灰岩抹石灰化岩粉石灰石粉等と称して」いるが、「肥料用炭酸石灰」という名称を用いることを提案している。

第二は「販価に就て」と題し、「粒子の大小や篩別の有無によって、数段の等級をつけ」高価なものから大いに廉価なものまで品揃えすることを推奨している。

第三は「品質に就て」と題し、「製品の品質は、主に原石中の石灰含量や不純物の性質、粒子の微細度と粒子の形態に依って定まります」と述べ、その意味を説明している。

第四は「販路の開拓に就て」と題し、今後農業の進歩にともない同業者との競争が激しくなるだろう。ある程度の設備をした上は価格の競争になり、価格の競争は運賃の多少により、運賃は距離に依存するので、地質図と鉄道運輸図とを参照すると、東北砕石工場としては宮城県の大部分、岩手県の南半（並に多分は山形県の北半）に宣伝」するのがよい、と提案している。

第五は「新肥料の製造に就て（並に商標に就て）」と題し、競争を許さないような新製品、「本品を原料として他の有用な肥料を簡単に作成する案を得てその製造権を登録したい」「関農学博士は消石灰を半々に混じて販売することを云はれたことが」あるという。いわば、石灰岩抹を主原料とし、他の原料を混入した新製品を開発、特許権の登録を提案しているわけである。

また、新製品でなくても、他社の製品と区別するため㊛印とか㊟印とかいう商標を製品に付すこととし、この商標を登録するよう工夫していただきたい、という。

第六は「貴工場の設備でできる他の事業に就て」と題し、大理石、一般飾石の研磨の事業は今後洋風建築の発達と一般好尚の進歩に伴って充分間に合う、と記している。

東北砕石工場の事業に協力したいと申し出た宮沢賢治はここまで彼の構想を練っていたわけである。その彼が「資金調達に関する趣意書乃至計画書の如きものを」作成致すべく、と書いたことが動機と思われるが、同月鈴木東蔵は宮沢賢治に融資ないしその斡旋を申し入れたようである。書簡277で宮沢賢治は鈴木東蔵に宛て次のように書いている。

「再啓　貴簡拝誦　御尤の次第に御座候儘父にも相談仕候処漸く御詞通りの仕儀賛同を得候間可然御手配願上候　尤も資金の件に関しては父は勿論盛銀常務湯口村長等へ度々中居候へ共何分此の時局にて殊に私方にては殆んど株式のみを財源と致し居り候処当今の下落の為に価格負債額を遙に低下し関係銀行より担保追徴の為色々塡補に苦心致し候次第　加ふるに小生は変な主義のため二度迄家を出で只今としては之等に関しては口を開く資格無之様の訳合にて従来御事業の必要も有望も充分承知し乍ら御力になり兼ねたるもの全く右に依る次第何卒御諒解願上候　就て差当つては大麦作付は十月十日迄に有之宣伝書等至急発送致し度候へ共若し只今印刷のもの無之候はば次期の分に対し需要先調査の上十月より広告並に売込方に従事致度存居候　先は右御返事迄　敬具」

宮沢賢治は父政次郎から東北砕石工場のために広告活動や売込活動に従事することの了解は得たものの、鈴木東蔵のたぶん本来の目的としていた融資ないし投資については鈴木の意に沿うことができなかったのであろう。そのためか、年内は進展がなかったようである。

新校本全集の年譜、一九三一（昭和六）年一月一二日の項に次の記載がある。

「鈴木東蔵へ返書（書簡294）。鈴木から送られた広告原稿を校訂して送り返し、また自分も文案を用意したので「御来花」を待つこと、次に「小生二月廿日より仙台にて仕事致すことと相成貴工場の宣伝販売等地方を劃して分担致しても宜敷之亦御考慮置願上候」」

この宮沢賢治の仙台行については充分その意図を私は理解できないが、新校本全集の年譜の一月一二日の項の続きと一月一五日の項を次に引用する。

「右の「二月廿日より仙台にて仕事」については前年四月四日沢里（当時は旧姓高橋）武治あての手紙（書簡260）で「新らしい方面へ活路を拓きたい」、一一月一八日菊池信一あての手紙（書簡282）では、釜石で水産製造の仕事か、東磐井郡の石灰岩抹工場のどちらかへ出るかもしれないとあり、一二月七日沢里武治へは「来年の三月釜石か仙台かのどちらかへ出ます。」（書簡286）といっている。

次に東北砕石工場の宣伝販売については、同じく前年九月二日鈴木東蔵へあて、来春より仙台に出る予定であるが一地方の広告・売込方に従事してもよい、といい（書簡273）、九月一四日には、工場見学の礼状中、「一分御協力申上度」（書簡274）といい、日付不明（推定九月下旬）の手紙（書簡277）では、一〇月から広告・売込方に従事したい、といい送っている。」

一月一五日の項の記載は次のとおりである。

「沢里武治への返書（書簡295）で次のようにいう。

「実は私は釜石行きはやめて三月から東磐井郡松川の東北砕石工場の仕事をすることになりました。月の半分は仙台へ出てゐて勉強もできるのですが、収入は丁度あなた方ぐらゐでせう。」

鈴木あて書簡の下書（書簡297）によると、「その節お打合せの通り二月下旬仙台へ参り貴社製品販売並に宣伝致す様着々準備罷在候」とあるが、それに先立って仕事の範囲等を念のため契約しておくよう父にいわれていること、その条項としては、まず次の二項が記されている。

一、仙台に於る事務所は／東北砕石工場仙台出張所の／看板をかけ遠方宣伝の際は必要に応じて／東北砕石工場仙台事務所の／名義によること

二、小生に対して東北砕石工場技手又は技師の辞令を交付し小生は／イ、石灰岩抹を主原料とする製品の改良及発明は総て之を貴工場に交付し　ロ、海外及国内の諸学説及事情は鋭意之を調査して工場の発展に資すること」

さらに「三、」とあるが、この項目は書かれていない。恐らくここに出資問題があって、その点については確信も書きようもなかったと思われる。いずれにせよ仙台へ出ると再三言っているが実現していない。

右の記載からも仙台および釜石で何をするつもりであったのか、不確かである。東北砕石工場と契約するまで、宮沢賢治にかなり迷いがあったようである。

※

一九三一（昭和六）年一月二二日付鈴木東蔵宛書簡（296）に宮沢賢治は「小生分担の仕事の儀も必らず奮闘致度候間左様御了承願上候　尚原稿は更に一応推敲書直し致度尚二日程御待ちを申上候」と書き、二月二日付同じく鈴木東蔵宛書簡（298）に「原稿御送附致置候処御査収之上御不審の点は無御

遠慮御照会願上候」と書いている。

この原稿は新校本全集第十四巻雑纂・本文篇所収の「新肥料炭酸石灰」と題する広告文の原稿と思われるが、宮沢賢治でなければ書くことのできない、平明で行届いた文章なので、引用したい。炭酸石灰肥料に対する宮沢賢治の思い入れの程も察せられるはずである。（なお、原文は総ルビだが、一応すべて除く）

「　新肥料――炭酸石灰

この不景気の、まつ最中に、値段の高い、金肥を殆んど使はずに、堆肥や、緑肥で充分の収穫を得る良い工夫がございます。それには、炭酸石灰を御使用下さい。炭酸石灰は、土壌中の窒素や燐酸や、加里などの分解を助けて、其の効能を促進して有効に働かせるからであります。然し、消石灰や生石灰では、強すぎて、土地を瘠悪ならしめます。

炭酸石の効果

一、直接には石灰の肥料

これは植物の営養素として是非なければならない肥料分であるからであります。

一、間接には窒素の肥料（茎と葉とを養ふから葉肥と呼ばれてゐます）

土壌に炭酸石灰を施用すれば、腐植質の分解が旺盛となり、従つて腐植質中の窒素は、其の効能を促進されるからであります。

一、間接には燐酸の肥料（根の部分を充実させ種実を実らせるから実肥であります）
炭酸石灰は、土壌中の燐酸鉄及燐酸礬《ばん》土に作用して、漸次効能のある燐酸二石灰、乃至燐酸三石灰に変ずるから、燐酸分が植物中に吸収され易くなるのであります。
一、間接には加里の肥料（茎の部分を充実させるから茎肥と云はれます）
炭酸石灰は、土壌中の、植物に吸収され難い様になつてある珪酸加里と、炭酸加里に変ずる力を以つて居るので、炭酸石灰を施肥すれば、植物に吸収され易い加里分が出来るからであります。

◎生産者より　どんな少量でも卸価格で差上ます、当工場へ直接御用命仰付けの程願上ます。」

かつて一九二九年一二月と推定される鈴木東蔵宛書簡（251）で宮沢賢治が説明した内容とほぼ同じだが、農民に宛て、分り易く推敲をかさねた宮沢賢治の文章表現の高い能力はこうした商業文にもはっきり示されている。

ところで新校本全集の年譜、一九三一年一月一二日の項に次の記載がある。

「鈴木東蔵の回想文のうち「技師として宮沢賢治を迎ふ」の項には次のように記されている。

宣伝文の寄稿を得た其の礼を兼て昭和六年旧一月元旦年賀状を兼ねた「東北砕石工場技師を命ず」との辞令を送った。処が間もなく、宮沢家より「スグコイ」の電報が配達になったのです。／これは失礼な辞令を出したのかとも考へました。兎も角宮沢家に行きまして、敷居を高くまたぎました。／然るに用件は予想に反し、夢ではないかと嬉びに堪えざる援助策でありました。／賢治さんの御とうさんより、賢治は技師として差遣し外経営費も入要だから資金として五百円を貸してやる荷物は売れ行き次第荷為替附きで発送して其の入要金も出してやる。／工場に居て五円の都合も出来ぬ私に、五百円（其の当時人夫賃一円酒一升一円）とは大きかった。」

この話合の結果、一九三一（昭和六）年二月二一日付東北砕石工場鈴木東蔵と宮沢賢治との間の契約書が締結されたにちがいない。新校本全集第十四巻雑纂・本文篇によれば、契約書は次のとおりである。

「石灰事業賛助ノ為相互共栄ノ目的ヲ以て左ノ契約ヲ締結ス

一、信証金トシテ宮沢ヨリ一時金五百円ヲ鈴木に預ケ置クモノトス　此ノ預金ニ対シテハ日歩金参銭ヲ支払フコト　但シ石灰ノ需要激増ニヨリ生産ノ増加ヲ計ル都合上資金ノ増額ヲ要スル場合ハ金壱千円迄預クルコトアルベシ　尚将来解約等ノ場合ハ元利返済スルモノトス

二、宮沢ヲ技師トシテ嘱託シ報酬トシテ年六百円ヲ炭酸石灰ヲ以て支払フモノトス　但シ本年度ニ限リ金五百円トス

右ニ対シ宮沢ハ左ノ職分ヲ行フモノトス

イ、説明書並広告文ノ起草

ロ、炭酸石灰ニ関スル調査並ニ改良
ハ、照会回答
三、岩手県（小岩井農場及東磐井西磐井両郡ヲ除ク）青森県・秋田県・山形県ノ宣伝ヲ宮沢ニテ行ヒ右ノ註文ニ対シテハ松川駅渡十貫ニ付二十四戔五厘ニテ宮沢ニ卸売スルモノトス　但工場ニ於ケル直接販売ハ十貫に付三十戔以下ニテ売ルコトヲ得ズ
四、炭酸石灰ノ需用期以外ハ壁材料ノ宣伝ニ努メ此レニ要スル資金ハ追テ協議ノ上之レヲ決スルモノトス
右ノ各項履行ノ為各一通ヲ所持スルモノ也
昭和六年二月二十一日」
話合を父政次郎としていることからみて、この契約は政次郎が起草し、鈴木東蔵は否応なく受入れて契約が成立したにちがいない。驚くことは、解約するまでは東北砕石工場鈴木東蔵は宮沢賢治に対し五百円（ないし千円までの金額）を返済すべき義務が定められていないことである。また、契約の期間も定められていないし、解約事由も規定されていないことである。鈴木東蔵としては宮沢家は唯一無二の金づるであった。政次郎は五百円を、また必要に応じ追加の資金を返済をあてにすることなく貸付けるつもりであった。政次郎としては宮沢賢治が情熱をもって働き、現物払いにせよ、給与の支払いをうける、いわば正業に就くことに対する支度金のように考えていたのではないかと思われる。

鈴木東蔵にとって宮沢家が東北砕石工場を維持、経営していくための金づるであったことは新校本全集の年譜の三月二九日の項に

「工場側からは二八日四〇円の送金を受領（賢治は松川局あてに電報為替を送ったが、ここは無集配局なので今後は長坂局あてにしてほしい旨）、それにより人夫二五日支払の分を精算、機械油を購入したが、叺《かます》の荷受け金などなお一〇〇円入用、都合してほしいことをいってくる」

とあり、四月四日の項には

「工場設備改善のための機具類が駅へ引換証つきで到着しており、五日（日）の休電日に取りつけ作業をするため明日午前中に一七〇円融通してほしい旨を言ってくる」

とあり、四月五日の項には

「明後日朝一五〇円送ること（中略）をいう。行き違いに鈴木東蔵来花、一五〇円の融通をする」

とあり、四月八日の項には

「工場よりの要請により電報為替で一〇〇円送金」

といった状態であった。この間、宮沢賢治は四月四日に発熱臥床することとなった旨を、一三日に「熱退き、気分改まる」と記されているが、四月一二日には

「父政次郎　松川の砕石工場へ行く。前日資金融通の申込みもあり、工場見学の意図もあったと思われる」

とある。政次郎としてはかなりに東北砕石工場の経営、財政状態を危惧していたにちがいない。さらに四月二五日の項に次の記載がある。

「工場事務員鈴木軍之助来花、昨日相談の工場機器（中略）購入費をふくめ三五〇円を融通する。」

その後、五月一四日付で鈴木東蔵は、宮城県分の発送完了を知らせ、二一〇円の送金を依頼しており、五月一八日には「二〇〇円融通」と年譜は記載している。

この前後、五月一六日には宮沢賢治はまた発熱、臥床することとなったが、五月一九日には熱も退いたようである。

以後の事情については省くが、東北砕石工場鈴木東蔵はひたすら宮沢家、宮沢政次郎からの融資をたよりに経営していたようにみえる。政次郎としても乗りかかった船で、引くに引けない情況に追いこまれたのであろう。後には宮沢賢治の義弟を東北砕石工場に派遣し、計理の手伝いをさせたというが、実際は鈴木東蔵の計理処理を常時監査するためだったのではないか。

※

さて、宮沢賢治は盛岡高農時代の恩師であり、当時は滝之川町西ヶ原の農林省農事試験場に勤めていた関豊太郎に宛て、東北砕石工場の技師として勤めることについて、次のように問い合せ、意見を求めていた。契約書調印の四日後、二月二五日付である。

「同工場は大船渡松川駅の直前にありまして、すぐうしろの丘より石灰岩（酸化石灰五四％）を採取し職工十二人ばかりで搗粉石灰岩末及壁材料等を一日十噸位づつ作って居りまして、小岩井へは六七年前から年三百噸（三十車）づつ出し昨年は宮城県農会の推奨によって俄かに稲作等へも需要されるやうになったとのことでございます。就てこの際私に嘱託として製品の改善と調査、広告文の起草、照会の回答を仕事とし、場所はどこに居てもいゝし給年六百円を岩末で払ふとのことでございます。それで右に応じてよろしうございませうか、農芸技術監査の立場よりご意見をお漏し下さらば何とも幸甚に存じます。」

宮沢賢治はこの書簡に返信用の葉書を同封、「引き受けるべからず／引き受けてよからん」と書いた、と年譜に記されている。

これに対し三月五日付で関豊太郎から返事があり、「引き受けるべからず」を棒線で消し、「小生の宿年の希望が実現しかゝったのを喜びます」と書かれていた、とやはり年譜に記されている。

宮沢賢治が関豊太郎に東北砕石工場における彼の職務として記した三項目は契約書第二条のイロハの三項目であり、宮沢賢治の健康も耐えることができたであろう。しかし、東北砕石工場鈴木東蔵が宮沢賢治に期待し、宮沢賢治が実際従事しなければならなかった職務は、右の三項目はほんの一部であって、販路開拓、製品の売込みであった。東北砕石工場には石灰岩を切り出す工夫はいても、炭酸石灰肥料としての製品を販売することのできるセールスマンはいなかった。鈴木東蔵自身が宮沢賢治に教えられた以上の知識は持っていなかった。製品の性質、特徴を説明し、これがどれほど多くの利益をもたらすかを説明して肥料店、農業組合その他関係先を説得できるのは宮沢賢治以外にいなかった。いまから考えれば、たとえば彼が教鞭を執った花巻農学校の卒業生を二名ほど雇用し、宮沢賢治が彼らを充分に教育し、必要な知識を与え、セールスを担当させていたら、販売の実績も上り、宮沢賢治がその健康を害することもなかったろうと思われる。たしかに東北砕石工場は宮沢家からの融資をたよりに辛うじて経営していたから、そうした若者も雇用する余裕はなかったかもしれない。しかし、宮沢賢治のばあいと同様、彼らの報酬も現物払いとすれば、雇用できたはずである。だが、これは後知恵というべきであろう。

宮沢賢治が東北砕石工場の仕事に従事したのは一九三一（昭和六）年二月二一日付契約以降九月二〇日上京、発熱、病臥し、二八日帰郷するまでの約七カ月にすぎない。その後は鈴木東蔵との間で若干の書簡の往復があったにとどまる。この約七カ月間こそ彼の最晩年における心身ともにきわめて過酷な時期であった。この時期の彼の活動を年譜から抄読すると、非常に旅行が多いことが目立つ。

二月末～三月初　「県庁で県内実行組合名簿約一、〇〇〇写し取り、帰花後、状袋書きを始め」

三月四日　「この日再び盛岡に出、県肥料督励官村井光吉技師（中略）を訪ねた」

三月八日・九日・一〇日　「秋田行」のメモ

三月二六日　「松川駅前砕石工場行き」
三月三〇日　「東北砕石工場を訪問」
三月三一日　「石鳥谷へ出かける」「石鳥谷の板垣肥料店を訪い、そのあと南下、水沢へ出て中林商店と菊田（菊田農機商会か）との江刺郡胆沢郡売込み分担の諒解をとりつけ」る。
四月一日　「朝、水沢へゆく車中で県農務課（肥料督励官）村井光吉技師と一緒になり」「中林商店では二車分引渡、及び搗粉、家禽用石灰の注文を得る」
（なお搗粉は米の精白の際に米にまぜて搗いた軽石などの鉱石の粉末をいう、と『日本国語大辞典』にある。搗粉の営業は宮沢賢治の本来の職務とは関係ないが、ついでのこととして依頼されたものであろう）
四月四日　「朝、盛岡へ出、県農事試験場へ工藤藤一を訪ねたが」留守、「そのあと紫波郡の村々、即ち煙山・不動・見前の各組合を訪ね、注文取りまとめの約束を得た」
四月六日　「黒沢尻郡司商店、水沢中林商店、前沢福地商店を歴訪、代金荷為替の引受けを得る」
四月八日　「午後、盛岡へ出、岩手郡雫石村・太田村を訪う。どちらも二トンぐらいの注文で一車とはならず困る」
四月九日　「八日付で鈴木より宮城県出張を懇願してくる」
四月一〇日　「午前中紫波郡下の赤石村・志和村・水分村の三組合へ注文取りに出かけたが効あがらず」

四月一一日　「〔推定〕発熱、臥床」
四月一二日　「〔推定〕発熱、臥床」
四月一三日　「熱退き、気分改まる」
四月一八日　「松川の工場へ行き、宮城県庁関係の打合せをした上で、仙台へ出張。勾当台通りの県庁農務課、関口三郎技師を訪うたが不在」
四月一九日　「日曜日であるが出張から帰仙した関口三郎技師と面談」
四月二一日　「工場指令により秋田へ出張。ルートは、黒沢尻—横手（横黒線）—秋田（奥羽本線）。土手中町の秋田県庁、西根小屋町の県農会、県購連を訪問して説明につとめたが」「何の注文もとれず」終り、「旅費は自弁とする」
四月二二日　「本日は大曲よりやけくそに各組合及農会を歩き候」と鈴木に書く。
四月二四日　「陸軍省軍馬補充部へ納入の件があり、相談のためぜひ来場を乞う旨、鈴木東蔵よりの連絡があり、この日松川工場へ行く」
四月二八日　「横黒線まわりをする。黒沢尻より江釣子・藤根・横川目三駅付近を歩いたと推定。しかし何か以前からの行きがかりがあるらしく一車も得ることなく空しく帰花する」
四月二九日　「前沢に出、三車の注文を得る」
私は九月に上京、発熱するまでの行状を年譜から抄記するつもりであったが、右の三、四月の情況が九月まで続くので、以下の引用はさし控えることとする。

※

「〈ひとひははかなくことばをくだし〉」は佳作とはいえ、宮沢賢治の多くの詩作の中で特筆すべきほどの作品ではない。ただ、私はこの作品を読むとふかい感銘を覚える。それはこの作品の背後にある彼の境涯を知るからである。たとえば正岡子規の最晩年の短歌、俳句も感銘ふかいが、これも子規の当時の境涯を知るからである。境涯詠が読者に与える感銘であって、必ずしも普遍性をもたない。ただ、たとえば肉親の死にさいしてうたった短歌の与える感銘は普遍的な悲哀のためにかなり普遍性をもって読者に訴えることが多い。

「〈ひとひははかなく〉」は東北砕石工場の製品のために販路開拓、売込みの苦労をうたった作である。いわばセールスマンの仕事のつらさを嘆いた作であり、そういう意味で普遍性をもっていないわけではない。宮沢賢治のように処々方々を訪ねまわるセールスマンも、店頭で客に商品をすすめる店員も、同じつらさを味わっているだろう。

しかし、宮沢賢治のばあい、病躯をおして従事した仕事だから、「せなうち熱り／胸さへ痛む」苦痛をともなっている。東北砕石工場のために宮沢賢治が熱《ほて》る背、痛む胸をかかえて炭酸石灰肥料等の売込みに東奔西走したのだと思いやると私たちの心も痛む。

だが「〔ひとひははかなく〕」、「〔せなうち痛み息熱く〕」、「〔隅にはセキセイインコいろの白き女〕」の三作に共通しているのは、これらだけではない。「落魄」感である。「〔ひとひははかなく〕」では

さこそはこゝろうらぶれぬると

という一行がこの心情を表現しているし、「〔せなうち痛み息熱く〕」では

今日落魄のはてなるや

と記し、「〔隅にはセキセイインコいろの白き女〕」では

わがおちぶれしかぎりならずや

といっている。炭酸石灰肥料の売込みであろうと、いかなる商品の売込みであろうと、必ず苦労をともなうであろう。宮沢賢治のばあいを考えれば、ほとんどのばあい、まったく初めて訪れる肥料店や農業組合にとびこみ、自己紹介し、製品とその効能を説明し、買ってくれるよう頼みこむのが彼の仕事であった。たとえば保険会社の外務員のばあいであれば、会社名は知られているし、保険がどんなものかは相手に分っていても、どんなに邪険にあしらわれても我慢するより他ない。それに比べ、東北砕石工場はその名も知られていないから信用できる企業かどうかも分らない。炭酸石灰肥料といってもその効能について実績が皆無に等しい。宮沢賢治はどんなに相手に応待されたか、想像することはたやすい。暖かく彼を迎えてくれる初対面の肥料商や農業組合の担当者など一人もいなかったにち

がいない。

宮沢賢治は花巻で随一といわれる富裕な一族の一員であった。物を売るために頭を下げたことなど、それまで一度もなかったろう。鈴木東蔵との契約書によれば、そんな売込みは彼の職務ではなかったはずである。しかし鈴木東蔵から頼まれれば、彼は嫌といえない性質であった。いわば、東北砕石工場の製品を売込みに歩くことは頭を下げて買ってもらうよう懇願することに他ならなかった。彼が「おちぶれ」たと感じ、「落魄」したと感じたのは当然であった。

年譜の同年七月七日の記載に、東北砕石工場の仕事について宮沢賢治が「マッチを買ってくれませんかといって歩くのと、ちっともかわりませんよ」と森荘已池に語った、とある。多年、マッチは家庭の必需品だったから、どの家でもマッチの買置きがないようなことはほとんどありえなかった。そこで、「マッチを買ってくれませんか」と頼めば、「間に合っています」という答えが必ず返ってくると覚悟しなければならない。「マッチを買ってくれませんか」とマッチを売り歩くのは物乞いにごく近い。東北砕石工場のために製品の売込みに歩くことは宮沢賢治の矜持を著しく傷つけ、彼に、落魄した、おちぶれた、という心情を否応なしに抱かせたのであった。

そういう眼で「〔ひとひははかなく〕」を読みかえすから、境涯詠として、私は感動し、涙ぐむ思いに誘われるのである。意地悪く言えば、この仕事に従事するには、宮沢賢治は育ちが良さすぎたのである。

『銀河鉄道の夜』

「銀河鉄道の夜」を久しぶりに読みかえしてこの作品をはじめて読んだときと同様の感興を覚えた。貧しい少年ジョバンニが夢みる銀河鉄道の旅の壮麗な光景、その車中で出会う親友カムパネルラ、氷山に衝突した船に乗り合わせ、他の旅客に救命ボートを譲って死を選んだ家庭教師と二人の子、夢からさめたジョバンニが知る、いじめっ子ザネリの溺れるのを助けるために自らは死ぬこととなったカムパネルラの死。銀河鉄道の旅がくりひろげる宇宙空間の中での悲劇的だが高貴な精神による死、けなげな少年ジョバンニの境遇とやさしい心。

それらを語るこの童話が私の心をうったのだが、この作品は構成においてすぐれている。この作品は「一、午后の授業」からはじまる。

「ではみなさんは、さういふふうに川だと云はれたり、乳の流れたあとだと云はれたりしてゐたこのぼんやりと白いものがほんたうは何かご承知ですか。」

先生が白くけぶった銀河帯のようなところを指しながら生徒に質問する。

手をあげて指名されたが、ジョバンニは答えられない。先生はカムパネルラを指名するが、もじもじ立ち上がったカムパネルラもやはり答えられない。だが、二人ともカムパネルラの家で一緒に読んだ雑誌に書いてあったのだから、カムパネルラも忘れるはずはないのにすぐ返事をしなかったのは「このごろぼくが、朝にも午后にも仕事がつらく、学校に出てももうみんなともはきはき遊ばず、カムパネルラともあんまり物を云はないやうになったので、カムパネルラがそれを知って気の毒がってわざと返事をしなかったのだ、さう考へるとたまらないほど、じぶんもカムパネルラもあはれなやうな気がするのでした」とある。こうした哀憐の情で二人の心の絆はしっかりと結ばれていたわけである。

「もしもこの天の川がほんたうに川だと考へるなら、その一つ一つの小さな星はみんなその川のこの砂や砂利の粒にもあたるわけです。またこれを巨きな乳の流れと考へるならもっと天の川とよく似てゐます。つまりその星はみな、乳のなかにまるで細かにうかんでゐる脂油の球にもあたるのです。」以下の先生の説明は省く。いうまでもなく先生が銀河を乳の流れと言ったのは英語で銀河を milky way というからである。

「銀河鉄道の夜」は「二、活版所」に続く。放課後、ジョバンニは活版所へ行き、活字拾いをする。「たてかけてある壁の隅の所へしゃがみ込むと小さなピンセットでまるで粟粒ぐらゐの活字を次から次と拾ひ」はじめる。

「青い胸あてをした人がジョバンニのうしろを通りながら、

「よう、虫めがね君、お早う。」と云ひますと、近くの四五人の人たちが声もたてずこっちも向かずに冷くわらひました。

ジョバンニは何べんも眼を拭ひながら活字をだんだんひろひました。

六時がうってしばらくたったころ、ジョバンニは拾った活字をいっぱいに入れた平たい箱をもういちど手にもった紙きれと引き合せてから、さっきの卓子の人へ持って来ました。その人は黙ってそれを受け取って微かにうなづきました。

ジョバンニはおじぎをすると扉をあけてさっきの計算台のところに来ました。するとさっきの白服を着た人がやっぱりだまって小さな銀貨を一つジョバンニに渡しました。ジョバンニは俄かに顔いろがよくなって威勢よくおじぎをすると台の下に置いた鞄をもっておもてへ飛びだしました。それから元気よく口笛を吹きながらパン屋へ寄ってパンの塊を一つと角砂糖を一袋買ひますと一目散に走りだしました。」

ここで「三、家」に入る。家では母が、すぐ入口の室《へや》に白い巾《きれ》を被って寝んでいた。母はずうっと工合がいい、と言う。ジョバンニが角砂糖を買ってきた、牛乳に入れてあげようと思って、と言うと、母親はお前がさきにおあがりと言い、ジョバンニが牛乳が来ているかと訊ねると、母親は来ていないと答えるので、ジョバンニは「ぼく行ってとって来やう」と言う。

ジョバンニは姉が調理したトマトをパンと一緒に食べながら、「お父さんはきっと間もなく帰ってくると思ふよ」と言い、母親が父親は漁へ出ていないかもしれないと呟く。ジョバンニは「お父さんが監獄へ入るやうなそんな悪いことをした筈がないんだ」と言う。ジョバンニは父親が監獄に入っているのではないか、という噂を立てられ、そのためにもいじめられている。母親との問答が続く。

「「お父さんはこの次はおまへにラッコの上着をもってくるといったねえ。」

「みんながぼくにあふとそれを云ふよ。ひやかすやうに云ふんだ。」

「おまへに悪口を云ふの。」

「うん、けれどもカムパネルラなんか決して云はない。カムパネルラはみんながそんなことを云ふときは気の毒さうにしてゐるよ。」

「あの人はうちのお父さんとはちゃうどおまへたちのやうに小さいときからのお友達だったさうだよ。」」

カムパネルラの父親とジョバンニの父親とが小さいときからの友達だったという趣旨にちがいない。若干不審なのは、カムパネルラはジョバンニがからかわれ、いじめられても、気の毒そうな顔をするだけで、庇いだてしないことである。彼はふだん事を荒立てることを好まない性分だったのかもしれない。ラッコは辞書によればいたち科の哺乳動物、濃褐色で胴はまるく足指に水かきがあり、その毛皮は貴重品とされ、アイヌ語源という。

「四、ケンタウル祭の夜」の章でジョバンニは町へ降りて行く。

「「ザネリ、烏瓜ながしに行くの。」ジョバンニがまださう云ってしまはないうちに、

「ジョバンニ、お父さんから、らっこの上着が来るよ。」その子が投げつけるやうにうしろから叫びました。

ジョバンニは、ばっと胸がつめたくなり、そこら中きぃんと鳴るやうに思ひました。

「何だい。ザネリ。」とジョバンニは高く叫び返しましたがもうザネリは向ふのひばの植った家の中へはひってゐました。

「ザネリはどうしてぼくがなんにもしないのにあんなことを云ふのだらう。走るときはまるで鼠のやうなくせに。ぼくがなんにもしないのにあんなことを云ふのはザネリがばかなからだ。」

ジョバンニは、せはしくいろいろのことを考へながら、さまざまの灯や木の枝で、すっかりきれいに飾られた街を通って行きました。時計屋の店には明るくネオン燈がついて、一秒ごとに石でこさへたふくらふの赤い眼が、くるっくるっとうごいたり、いろいろな宝石が海のやうな色をした厚い硝子《ガラス》の盤に載って星のやうにゆっくり循《めぐ》ったり、また向ふ側から、銅の人馬がゆっくりこっちへまはって来たりするのでした。そのまん中に円い黒い星座早見が青いアスパラガスの葉で飾ってありました。

ジョバンニはわれを忘れて、その星座の図に見入りました。

それはひる学校で見たあの図よりはずうっと小さかったのですがその日と時間に合せて盤をまはすと、そのとき出てゐるそらがそのまゝ楕円形のなかにめぐってあらはれるやうになって居りやはりそのまん中には上から下へかけて銀河がぼうとけむったやうな帯になってその下の方ではかすかに爆発して湯気でもあげてゐるやうに見えるのでした。またそのうしろには三本の脚のついた小さな望遠鏡が黄いろに光って立ってゐましたしいちばんうしろの壁には空ぢゅうの星座をふしぎな獣や蛇や魚や瓶《びん》の形に書いた大きな図がかかってゐました。ほんたうにこんなやうな蝎《さそり》だの勇士だのそらにぎっしり居るだらうか、あゝぼくはその中をどこまでも歩いて見たいと思ってたりしてしばらくぼんやり立って居ました。」

いうまでもなくジョバンニの銀河鉄道への旅立ちの伏線である。

ジョバンニは牛乳屋へ行くが、留守番の人に誰もいないのでわからない、もう少したってから来てくださいい、と言われ、町でまた、ザネリらから、「ジョバンニ、らっこの上着が来るよ」と声をかけられ、みんなも同じく叫び、「カムパネルラは気の毒さうに、だまって少しわらって、怒らないだらうかといふやうにジョバンニの方を見てゐ」たとある。

ジョバンニは一同と別れて牧場のうしろの丘の上に登り、「まっ黒な、松や楢の林を越えると、俄かにがらんと空がひらけて、天の川がしらしらと南から北へ亘《わた》ってゐるのが見え、また頂の、天気輪の柱も見わけられ」た。「ジョバンニは、頂の天気輪の柱の下に来て、どかどかするからだを、つめたい草に投げました。

町の灯は、暗《やみ》の中をまるで海の底のお宮のけしきのやうにともり、子供らの歌ふ声や口笛、きれぎれの叫び声もかすかに聞えて来るのでした。風が遠くで鳴り、丘の草もしづかにそよぎ、ジョバンニの汗でぬれたシャツもつめたく冷されました。ジョバンニは町のはづれから遠く黒くひろがった野原を見わたしました。」

右は「五、天気輪の柱」の一節である。この文章に続いて「そこから汽車の音が聞えてきました」と書かれている。まさに銀河鉄道の旅がはじまろうとしている。

「銀河鉄道の夜」の核心をなすのは、ジョバンニの銀河鉄道の体験であり、これは「六、銀河ステーション」「七、北十字とプリオシン海岸」「八、鳥を捕る人」「九、ジョバンニの切符」と続く。この中「七、北十字とプリオシン海岸」の一部、「九、ジョバンニの切符」に作者がこの作品で読者に伝えようとした思想がはっきりと語られている、と私は考えるが、これがどういう思想かは後に検討することとし、「ジョバンニの切符」は終りに近く、

「ジョバンニは眼をひらきました。もとの丘の草の中につかれてねむってゐたのでした。胸は何だかをかしく熱《ほて》り頬にはつめたい涙がながれてゐました」

とはじまる一節がある。つまり、「九、ジョバンニの切符」は本来、この一節の前で終り、つまりジョバンニが夢みた銀河鉄道の旅は終り、目覚めた後、ジョバンニが何を見たかを語る終章が前記の引用の文章以下であると考えなければならない。

まず、ジョバンニは牛乳屋に行き、牛乳を受けとる。町の大通りに戻ると、十字になった町かどや店の前に女たちが七、八人ぐらいづつ集って橋の方を見ながら話し合っているのを見かけ、「何かあっ

たんですか」と尋ねると、「こどもが水へ落ちたんですよ」と教えられる。

「河原のいちばん下流の方へ洲《す》のやうになって出たところに人の集りがくっきりまっ黒に立ってゐました。ジョバンニはどんどんそっちへ走りました。するとジョバンニはいきなりさっきカムパネルラといっしょだったマルソに会ひました。マルソがジョバンニに走り寄ってきました。

「ジョバンニ、カムパネルラが川へはひったよ。」

「どうして、いつ。」

「ザネリがね、舟の上から烏うりのあかりを水の流れる方へ押してやらうとしたんだ。そのとき舟がゆれたもんだから水へ落っこったらう。するとカムパネルラがすぐ飛びこんだんだ。そしてザネリを舟の方へ押してよこした。ザネリはカトウにつかまった。けれどもあとカムパネルラが見えないんだ。」

「みんな探してるんだらう。」

「あゝすぐみんな来た。カムパネルラのお父さんも来た。けれども見附からないんだ。ザネリはうちへ連れられてった。」

ジョバンニはみんなの居るそっちの方へ行きました。そこに学生たち町の人たちに囲まれて青じろい尖ったあごをしたカムパネルラのお父さんが黒い服を着てまっすぐに立って右手に持った時計をじっと見つめてゐたのです。

（中略）

けれども俄かにカムパネルラのお父さんがきっぱり云ひました。

「もう駄目です。落ちてから四十五分たちましたから。」

ジョバンニは思はずかけよって博士の前に立って、ぼくはカムパネルラの行った方を知ってゐますぼくはカムパネルラといっしょに歩いてゐたのですと云はうとしましたがもうのどがつまって何とも云へませんでした。すると博士はジョバンニが挨拶に来たとでも思ったものですか、しばらくしげしげジョバンニを見てゐましたが

「あなたはジョバンニさんでしたね。どうも今晩はありがたう。」と叮ねいに云ひました。

ジョバンニは何も云へずにたゞおじぎをしました。

「あなたのお父さんはもう帰ってゐますか。」博士は堅く時計を握ったまゝまたきゝました。

「いゝえ。」ジョバンニはかすかに頭をふりました。

「どうしたのかなあ、ぼくには一昨日《をととひ》大へん元気な便りがあったんだが。今日あたりもう着くころなんだが。船が遅れたんだな。ジョバンニさん。あした放課後みなさんとうちへ遊びに来てくださいね。」

さう云ひながら博士はまた川下の銀河のいっぱいにうつった方へじっと眼を送りました。

ジョバンニはもういろいろなことで胸がいっぱいでなんにも云へずに博士の前をはなれて早くお母

さんに牛乳を持って行ってお父さんの帰ることを知らせようと思ふともう一目散に河原を街の方へ走りました。」

気弱そうにみえたカムパネルラもいざというときは気概のある少年であることが巻末に至って判明し、この善意で勇気のある少年が溺れ、意地悪なザネリが助かり、ジョバンニの父親も無事に近く戻ってくる、といった悲喜こもごもの結末でこの作品はしめくくられる。この作者の人生観を語っているのが、「六、銀河ステーション」にはじまるジョバンニの銀河鉄道の旅である。そこで、この作品の核心をなす部分を検討することになるのだが、くりかえしていえば、前記の導入部、結末部が書かれているから、この物語の核心が核心として提示されるのだ、ということができるだろう。

※

「六、銀河ステーション」で、「気がついてみると、さっきから、ごとごとごとごと、ジョバンニの乗ってゐる小さな列車が走りつづけてゐた」「ほんたうにジョバンニは、夜の軽便鉄道の、小さな黄いろの電燈のならんだ車室に、窓から外を見ながら座ってゐた。」やがてジョバンニは気づく。「すぐ前の席に、ぬれたやうにまっ黒な上着を着た、せいの高い子供が、窓から頭を出して外を見てゐるのに気が付きました。そしてそのこどもの肩のあたりが、どうも見たことのあるやうな気がしし、さう思ふと、もうどうしても誰だかわかりたくて、たまらなくなりました。いきなりこっちも窓から顔を出さうとしたとき、俄かにその子供が頭を引っ込めて、こっちを見ました。

それはカムパネルラだったのです。

ジョバンニが、カムパネルラ、きみは前からこゝに居たのと云はうと思ったとき、カムパネルラが「みんなはねずゐぶん走ったけれども遅れてしまったよ。ザネリもね、ずゐぶん走ったけれども追ひつかなかった。」と云ひました。」

ジョバンニはここでカムパネルラの死を予知し、二人で銀河鉄道の旅をはじめるわけだが、この作品の主題からみると、カムパネルラは溺死することによって真っ先に天国行の銀河鉄道の軽便列車に乗車することができたのにザネリは生きのびたために乗車できなかったのだ、と説明しているわけである。

その後、カムパネルラが銀河ステーションでもらった地図をジョバンニはもらわなかったこと、ジョバンニが窓外の風景を見ながら「ぼくはもう、すっかり天の野原に来た」と言うこと、りんどうの花が湧くように、雨のように、けむるように燃えるように、光っている中を列車が走っていくことを「六、銀河鉄道ステーション」は語り、「七、北十字とプリオシン海岸」に入る。

第七章に入り、カムパネルラが「おっかさんは、ぼくをゆるして下さるだらうか」「ぼくはおっかさんが、ほんたうに幸になるなら、どんなことでもする。けれども、いったいどんなことが、おっかさんのいちばんの幸なんだらう」「けれども、誰だって、ほんたうにいいことをしたら、いちばん幸なんだねえ。だから、おっかさんは、ぼくをゆるして下さると思ふ」などとカムパネルラは語り、次の文章に続く。

「俄かに、車のなかが、ぱっと白く明るくなりました。見ると、もうじつに、金剛石や草の露やあらゆる立派さをあつめたやうな、きらびやかな銀河の河床の上を水は声もなくかたちもなく流れ、その流れのまん中に、ぼうっと青白く後光の射した一つの島が見えるのでした。その島の平らないただきに、立派な眼もさめるやうな、白い十字架がたって、それはもう凍った北極の雲で鋳たといったらいゝか、すきっとした金いろの円光をいただいて、しづかに永久に立ってゐるのでした。

「ハルレヤ、ハルレヤ。」前からもうしろからも声が起りました。ふりかへって見ると、車室の中の旅人たちは、みなまっすぐにきもののひだを垂れ、黒いバイブルを胸にあてたり、水晶の珠数《じゅず》をかけたり、どの人もつつましく指を組み合せて、そっちに祈ってゐるのでした。思はず二人もまっすぐに立ちあがりました。カムパネルラの頬は、まるで熟した苹果《りんご》のあかしのやうにうつくしくかゞやいて見えました。」

宮沢賢治が熱心な法華経の信者であったことはひろく知られているが、「銀河鉄道の夜」に一貫して描かれるのは高貴、崇高なキリスト教の精神である。この事実はこの作品におけるもっとも重大な問題だが、詳しくは後に論じることとし、右の描写がこの作品における最初のキリスト教信仰の記述であることだけをさしあたり記しておく。

やがて列車は十一時に白鳥停車場に到着する。二人が停車場の外へ出ると、幅の広い道路が真っ直くに銀河の青光の中へ通っている。二人が河原に出ると、河原の砂はみな水晶で、その中で小さな火が燃えている。やがて、二人はプリオシン海岸で百二十万年ぐらい前のくるみを発掘している学者らと出会い、会話する。これはジョバンニが夢みる天上の風景であって、この作品に主題とは関係のないふくらみをもたらすための挿話である。

次の「八、鳥を捕る人」も同様、ストーリーに変化を与えるための挿話である。この章で蔓、雁、さぎ、白鳥などを捕る人と出会う。たとえば、彼は鷺を捕るのは雑作もない、と言う。「川原で待ってゐて、鷺がみんな、脚をかういふ風にして下りてくるとこを、そいつが地べたへつくかつかないうちに、ぴたっと押へちまふんです。するともう鷺は、かたまって安心して死んぢまひます。あとはもう、わかり切ってまさあ。押し葉にするだけです」と教える。彼がくれた雁をたべるとチョコレートよりももっとおいしかったので、ジョバンニは「こんな雁が飛んでゐるもんか。この男は、どこかそこらの野原の菓子屋だ」と思う。やがて男はあわてて列車から降り、鳥をつかまえ、二十疋ばかり袋に入れ、急に両手をあげ、兵隊が鉄砲弾にあたって死ぬときのような形をすると、彼はもうジョバンニの隣の席にいる。「どうしてあすこから、いっぺんにこゝへ来たんですか」とジョバンニが質問すると、彼は「どうしてって、来ようとしたから来たんです」と答える。

天上の世界で暮らす人々の生き方をかいまみさせるための息ぬきに似た話である。天上界では意図と意図したこととの実現の間に違いがないようである。

そこで、いよいよ「九、ジョバンニの切符」の章に移る。車掌が乗車切符を調べに来るのだが、ジョバンニは上着のポケットに大きな畳んだ紙きれが入っていたのを発見、それを示すと、車掌が「これは三次空間からお持ちになったのですか」と尋ね、ジョバンニが「何だかわかりません」と答えると、検札は無事に終り、それを横から見た鳥捕りが

「おや、こいつは大したもんですぜ。こいつはもう、ほんたうの天上へさへ行ける切符だ。天上どこぢゃない、どこでも勝手にあるける通行券です。こいつをお持ちになれぁ、なるほど、こんな不完全な幻想第四次の銀河鉄道なんか、どこまででも行ける筈でさあ」

と言う。ジョバンニの切符は夢みる切符だから、当然、どこまでも行けるし、何を夢みることも可能にさせるはずである。逆に、天上の人は天上しか移動することはできないのであろう。この譬喩はじつに巧みである。

※

私の考えでは、以下がこの作品の主題であり、核心をなす文章である。かなり長い引用になるが、

必要と思われる限りで引用する。

「そしたら俄かにそこに、つやつやした黒い髪の六つばかりの男の子が赤いジャケツのぼたんもかけずひどくびっくりしたやうな顔をしてがたがたふるへてはだしで立ってゐました。隣りには黒い洋服をきちんと着たせいの高い青年が一ぱいに風に吹かれてゐるけやきの木のやうな姿勢で、男の子の手をしっかりひいて立ってゐました。

「あら、こゝどこでせう。まあ、きれいだわ。」青年のうしろにもひとり十二ばかりの眼の茶いろな可愛らしい女の子が黒い外套を着て青年の腕にすがって不思議さうに窓の外を見てゐるのでした。

「ああ、こゝはランカシャイヤだ。いや、コンネクテカット州だ。いや、ああ、ぼくたちはそらへ来たのだ。わたしたちは天へ行くのです。ごらんなさい。あのしるしは天上のしるしです。もうなんにもこはいことありません。わたくしたちは神さまに召されてゐるのです。」黒服の青年はよろこびにかゞやいてその女の子に云ひました。けれどもなぜかまた額に深く皺《しわ》を刻んで、それに大へんつかれてゐるらしく、無理に笑ひながら男の子をジョバンニのとなりに座らせました。

それから女の子にやさしくカムパネルラのとなりの席を指さしました。女の子はすなほにそこへ座って、きちんと両手を組み合せました。

「ぼくおほねえさんのとこへ行くんだよう。」腰掛けたばかりの男の子は顔を変にして燈台看守の向ふの席に座ったばかりの青年に云ひました。青年は何とも云へず悲しさうな顔をして、じっとその子の、ちぢれてぬれた頭を見ました。女の子は、いきなり両手を顔にあててしくしく泣いてしまひました。

「お父さんやきくよねえさんはまだいろいろお仕事があるのです。けれどももうすぐあとからいらっしゃいます。それよりも、おっかさんはどんなに永く待っていらっしゃったでせう。わたしの大事なタダシはいまどんな歌をうたってゐるだらう、雪の降る朝にみんなと手をつないでぐるぐるにはとこのやぶをまはってあそんでゐるだらうかと考へたりほんたうに待って心配していらっしゃるんですから、早く行っておっかさんにお目にかゝりませうね。」

「うん、だけど僕、船に乗らなけぁよかったなあ。」

「えゝ、けれど、ごらんなさい、そら、どうです、あの立派な川、ね、あすこはあの夏中、ツヰンクル、ツヰンクル、リトル、スター　をうたってやすむとき、いつも窓からぼんやり白く見えてゐたでせう。あすこですよ。ね、きれいでせう、あんなに光ってゐます。」

泣いてゐた姉もハンケチで眼をふいて外を見ました。青年は教へるやうにそっと姉弟にまた云ひました。

「わたしたちはもうなんにもかなしいことないのです。わたしたちはこんないゝとこを旅して、ぢき神さまのとこへ行きます。そこならもうほんたうに明るくて匂《にほひ》がよくて立派な人たちでいっぱいです。そしてわたしたちの代りにボートへ乗れた人たちは、きっとみんな助けられて、心配して待ってゐるめいめいのお父さんやお母さんや自分のお家へやら行くのです。さあ、もうぢきですから元気を出しておもしろくうたって行きませう。」青年は男の子のぬれたやうな黒い髪をなで、みんなを慰めながら、自分もだんだん顔いろがかゞやいて来ました。

「あなた方はどちらからいらっしゃったのですか。どうなすったのですか。」さっきの燈台看守がやっと少しわかったやうに青年にたづねました。青年はかすかにわらひました。

「いえ、氷山にぶっつかって船が沈みましてね、わたしたちはこちらのお父さんが急な用で二ヶ月前一足さきに本国へお帰りになったのであとから発《た》ったのです。私は大学へはひってゐて、家庭教師にやとはれてゐたのです。ところがちゃうど十二日目、今日か昨日のあたりです、船が氷山にぶっつかって一ぺんに傾きもう沈みかけました。月のあかりはどこかぼんやりありましたが、霧が非常に深かったのです。ところがボートは左舷《さげん》の方半分はもうだめになってゐましたから、とてもみんなは乗り切らないのです。もうそのうちにも船は沈みますし、私は必死となって、どうか小さな人たちを乗せて下さいと叫びました。近くの人たちはすぐみちを開いてそして子供たちのために祈って呉れました。けれどもそこからボートまでのところにはまだまだ小さな子どもたちや親たちやなんか居て、とても押しのける勇気がなかったのです。それでもわたくしはどうしてもこの方たちをお助けするのが私の義務だと思ひましたから前にゐる子供らを押しのけようとしました。けれどもまたそんなにして助けてあげるよりはこのまゝ神のお前にみんなで行く方がほんたうにこの方たちの幸福だとも思ひました。それからまたその神にそむく罪はわたくしひとりでしょってぜひとも助けてあげようと思ひました。けれどもどうして見てゐるとそれができないのでした。子どもらばかりボートの中へはなしてやってお母さんが狂気のやうにキスを送りお父さんがかなしいのをじっとこらへてまっすぐに立ってゐるなどとてももう腸《はらわた》もちぎれるやうでした。そのうち船はもうずんずん沈みますから、私はもうすっかり覚悟してこの人たち二人を抱いて、浮べるだけは浮ばうとかたまって船の沈むのを待ってゐました。誰が投げたかライフブイが一つ飛んで来ましたけれども滑ってずうっと向ふへ行ってしまひました。私は一生けん命で甲板の格子になったとこをはなして、三人それにしっかりとりつきました。どこからともなく〔約二字分空白〕番の声があがりました。たちまちみんなはいろいろな国語で一ぺんにそれをうたひました。そのとき俄かに大きな音がして私たちは水に落ちもう渦に入ったと思ひながらしっかりこの人たちをだいてそれからぼうっとしたと思ったらもうこゝへ来てゐたのです。この方たちのお母さんは一昨年没《な》くなられました。えゝボートはきっと助かったにちがひありません、何せよほど熟練な水夫たちが漕いですばやく船からはなれてゐましたから。」

そこらから小さないのりの声が聞えジョバンニもカムパネルラもいままで忘れてゐたいろいろのことをぼんやり思ひ出して眼が熱くなりました。

（あゝ、その大きな海はパシフィックといふのではなかったらうか。その氷山の流れる北のはての海で、小さな船に乗って、風や凍りつく潮水や、烈しい寒さとたたかって、たれかが一生けんめいはたらいてゐる。ぼくはそのひとにほんたうに気の毒でそしてすまないやうな気がする。ぼくはそのひとのさいはひのためにいったいどうしたらい丶のだらう。）ジョバンニは首を垂れて、すっかりふさぎ込んでしまひました。

「なにがしあはせかわからないです。ほんたうにどんなつらいことでもそれがたゞしいみちを進む中でのできごとなら峠の上りも下りもみんなほんたうの幸福に近づく一あしづつですから。」

燈台守がなぐさめてゐました。

「あ丶さうです。たゞいちばんのさいはひに至るためにいろいろのかなしみもみんなおぼしめしです。」

青年が祈るやうにさう答へました。」

ひろく知られたタイタニック号が氷山と衝突したのは一九一一年四月一〇日午後一一時四〇分であった。この海難事故で約千五百名の生命が失われた。衝突から翌日午前二時二〇分の沈没に至るまでの間、多くの乗客が救命ボートに乗り移って救われ、ボートに乗ることのできなかった人々が讃美歌を歌いながら溺れ死んだ。この悲劇については数々の物語、映画等で数多くの悲話が伝えられている。上記の引用の悲劇もタイタニック号事故に発想を得たにちがいない。

さらに銀河鉄道は進行し、燈台看守が
「この辺ではもちろん農業はいたしますけれども大ていひとりでにい丶ものができるやうな約束になって居ります。農業だってそんなに骨は折れはしません。たいてい自分の望む種子《たね》さへ播《ま》けばひとりでにどんどんできます。米だってパシフヰック辺のやうに殻もないし十倍も大きくて匂もいゝのです。」

といった夢のような苦労知らずの農業の話を聞き、また、かささぎの飛ぶのを見、よほどの人数が合唱している讃美歌を耳にし、思わずジョバンニもカムパネルラも合唱に加わり、「いまこそわたれわたり鳥」と赤帽の信号手が鳥に信号を送っているのを見、新世界交響曲を聞き、インディアンが踊っているかのような姿勢で鶴をとっているのを見る。その間、ジョバンニは「どうして僕はこんなにかなしいのだらう。僕はもっとこゝろもちをきれいに大きくもたなければいけない」とか、「こんなしづかない、とこで僕はどうしてもっと愉快になれないだらう。どうしてこんなにひとりさびしいのだらう」などと考える。

汽車は高い崖の上を走り、その谷の底には川が幅ひろく流れ、崖を降りはじめると崖のはしに鉄道がかかるとき川が明るく見える、といった窓外をジョバンニは眺める。

「さあもう仕度はいゝんですか。ぢきサウザンクロスですから。」

という声をジョバンニは聞く。

「あ、そのときでした。見えない天の川のずうっと川下に青や橙《だいだい》やもうあらゆる光でちりばめられた十字架がまるで一本の木といふ風に川の中から立ってかゞやきその上には青じろい雲がまるい環《わ》になって后光のやうにかかってゐるのでした。汽車の中がまるでざわざわしました。みんなあの北の十字のときのやうにまっすぐに立ってお祈りをはじめました。あっちにもこっちにも子供が瓜《うり》に飛びついたときのやうなよろこびの声や何とも云ひやうない深いつゝましいためいきの音ばかりきこえました。そしてだんだん十字架は窓の正面になりあの苹果《りんご》の肉のやうな青じろい環の雲もゆるやかにゆるやかに繞《めぐ》ってゐるのが見えました。

「ハルレヤハルレヤ。」明るくたのしくみんなの声はひゞきみんなはそのそらの遠くからつめたいそらの遠くからすきとほった何とも云へずさはやかなラッパの声をききました。そしてたくさんのシグナルや電燈の灯のなかを汽車はだんだんゆるやかになりたうとう十字架のちゃうどま向ひに行ってすっかりとまりました。

「さあ、下りるんですよ。」青年は男の子の手をひきだんだん向ふの出口の方へ歩き出しました。

「ぢゃさよなら。」女の子がふりかへって二人に云ひました。

「さよなら。」ジョバンニはまるで泣き出したいのをこらへて怒ったやうにぶっきり棒に云ひました。」

天国へ到着した人々も、それぞれ住む地域が違うのであろう。さらにジョバンニとカムパネルラの旅はもう少し続く。

「ジョバンニが云ひました。

「僕もうあんな大きな暗《やみ》の中だってこはくない。きっとみんなのほんたうのさいはひをさがしに行く。どこまでもどこまでも僕たち一緒に進んで行かう。」

「あゝきっと行くよ。あゝ、あすこの野原はなんてきれいだらう。みんな集ってるねえ。あすこがほんたうの天上なんだ　あっあすこにゐるのぼくのお母さんだよ。」カムパネルラは俄かに窓の遠くに見えるきれいな野原を指して叫びました。

ジョバンニもそっちを見ましたけれどもそこはぼんやり白くけむってゐるばかりどうしてもカムパネルラが云ったやうに思はれませんでした。何とも云へずさびしい気がしてぼんやりそっちを見てゐましたら向ふの河岸に二本の電信ばしらが丁度両方から腕を組んだやうに赤い腕木をつらねて立ってゐました。

「カムパネルラ、僕たち一緒に行かうねえ。」ジョバンニが斯《か》う云ひながらふりかへって見ましたらそのいままでカムパネルラの座ってゐた席にもうカムパネルラの形は見えずただ黒いびろうどばかりひかってゐました。ジョバンニはまるで鉄砲丸《てっぽうだま》のやうに立ちあがりました。そして誰にも聞えないやうに窓の外へからだを乗り出して力いっぱいはげしく胸をうって叫びそれからもう咽喉《のど》いっぱい泣きだしました。もうそこらが一ぺんにまっくらになったやうに思ひました。」

こうしてジョバンニの銀河鉄道の旅は終る。ジョバンニが目覚めてこの作品は結末部に続くわけである。

※

童話という文学ジャンルには通常の文学作品と違った長所もあり、短所もある。宮沢賢治の童話の多くにみられるように、樹木たち、花たち、鳥獣虫魚たちから山や雲など自然の万物に至るまで、私たちと私たちの言葉で話し合うことができるし、彼ら同士の言葉も私たちは聞き分けることができる。彼らの存在も行動も、私たちの想像力の許す限り、自由である。いわばファンタジーの世界である。極端に不自然なほど幻想的でないなら、ファンタジーとして私たちの興趣を喚起することができる。反面、成年ないし思春期以降の年齢の人々の間、家族や親族の間、さらに社会的関係の場における人間たちの愛憎、葛藤、軋轢、それらによって生じるドラマは、童話という文学ジャンルには属さない。こうした通常の文学作品においては、特殊なばあいを除き、描写は現実的でなければならない。虚構はありえても、現実的であるかのようにみえなければならない。

「銀河鉄道の夜」は童話であり、ファンタジー作品である。その限度において、宮沢賢治は稀有の作品というべき「銀河鉄道の夜」を遺したが、そうはいっても知られている偉大な文学作品とは比すべくもない。これは彼の作品の多くについても同じである。

「銀河鉄道の夜」についていえば、銀河、天の川をなす星々の間に列車の軌道を敷設することはありえないが、銀河鉄道は列車は確実に軌道の上を走っている。この作品は冒頭の授業で、教師が、天の川の水にあたるのは、真空という光をある速さで伝えるものだ、と説明している。私にはその意味は理解できないが、これは銀河の間を鉄道線路を敷設するための伏線であろう。

この作品の導入部、結末部のすぐれていることはすでに述べたが、もちろんこの作品が、童話という限度でという条件をつけるにしても、私が感動したのは、同級生ザネリが溺れるのを助けるために果敢に川に飛びこんだカムパネルラの高貴な魂であり、他人を押しのけてまで救命ボートに乗ることを自制し、神の思召しに任せて、沈みゆく船と運命を共にした青年と二人の姉弟の、消極的であるとはいえ、自己の生命より他人の生命を優先させた、やさしい心であり、彼らとジョバンニを乗せて疾走する銀河鉄道が示す窓外の天上界の光景である。さらに、彼ら三人の間で、本当の幸福を、自分一人のためでなく、皆のために求めていこうというジョバンニの高邁な精神と、それでいて、くりかえし、寂しい、寂しいと嘆くジョバンニの孤独も私の心をうってやまない。

なお、つけ加えれば、青年と二人の姉弟は日本人のように描かれている。姉娘が赤い髪をしているというのは間違いだろうが、彼らの姉はきくよという名であり、二人の中の姉はかほるという名であると記されている。タイタニック号の悲劇の後、同様、氷山に衝突して沈没し、多くの死者を出した事件は聞いたことがないが、これは宮沢賢治の創作であろう。

だが、この創作において、彼ら、青年と二人の姉弟が他人を押しのけてまで救命ボートに乗ろうとはしなかった、という挿話は、はたして彼らを銀河鉄道の乗客としてふさわしい資格を与えるか、また、あるいは自分も溺れるかもしれないと覚悟していたかもしれないが、ザネリを救うために川に飛び込んだカムパネルラに銀河鉄道の乗客にふさわしい資格があったのか。私はそういう点にこの作品に不満を感じている。そこで、宮沢賢治が数多くの童話を書いたモチーフを考えることとする。

※

児童文学においてかなり一般的なことと思われるが、宮沢賢治の作品において、もっとも重大で深刻なモチーフは生と死であった、と私は考える。

死がどれほど怖しいかは、すでに述べたように、『フランドン農学校の豚』で豚の側から宮沢賢治はつぶさに描いている。ただ、彼のモチーフは死ぬことが怖いというだけではない。

『注文の多い料理店』所収の「注文の多い料理店」の料理されそうになった客は東京に帰っても「一ペン紙くづのやうになった」「顔だけは」「お湯にはひつても、もうもとのとほりにはなりませんでした」とあるが、彼らは料理をたべつけているから怖いのである。

同じく『注文の多い料理店』所収の「烏の北斗七星」は「注文の多い料理店」に次ぐ、愛すべき作品だが、山烏を一突き食らわせ、あけ方の峠の雪の上につめたくなった功績で大尉から少佐に昇進す

るのだが、

「烏の新らしい少佐は礼をして大監督の前をさがり、列に戻つて、いまマヂエルの星の居るあたりの青ぞらを仰ぎました。（あゝ、マヂエル様、どうか憎むことのできない敵を殺さないでいゝやうに早くこの世界がなりますやうに、そのためならば、わたくしのからだなどは、何べん引き裂かれてもかまひません。）マヂエルの星が、ちやうど来てゐるあたりの青ぞらから、青いひかりがうらうらと湧きました。」

という。殺すいわれがないのに殺さなくてはならないのなら、自分が何遍引き裂かれてもよい、という烏の新任少佐の覚悟こそ、ベジタリアンであった宮沢賢治の信念だったにちがいない。

「よだかの星」ではこの思想がさらに深化している。

よだかは鷹ではないといじめられるのだが、次の一節がある。

「雲はもうまっくろく、東の方だけ山やけの火が赤くうつって、恐ろしいやうです。よだかはむねがつかへたやうに思ひながら、又そらへのぼりました。

また一疋の甲虫が、夜だかののどに、はひりました。そしてまるでよだかの咽喉をひっかいてばたばたしました。よだかはそれを無理にのみこんでしまひましたが、その時、急に胸がどきっとして、夜だかは大声をあげて泣き出しました。泣きながらぐるぐるぐるぐる空をめぐったのです。

（あゝ、かぶとむしや、たくさんの羽虫が、毎晩僕に殺される。そしてそのたゞ一つの僕がこんどは鷹に殺される。それがこんなにつらいのだ。あ丶、つらい、つらい。僕はもう虫をたべないで餓ゑて死なう。いやその前にもう鷹が僕を殺すだらう。いや、その前に、僕は遠くの遠くの空の向ふに行ってしまはう。）

山焼けの火は、だんだん水のやうに流れてひろがり、雲も赤く燃えてゐるやうです。」

この作品の末尾に近く、よだかは大熊座に「あなたの所へどうか私を連れてって下さい」と頼んで断られ、鷲の星に頼んで断られる。

「よだかはもうすっかり力を落してしまって、はねを閉ぢて、地に落ちて行きました。そしてもう一尺で地面にその弱い足がつくといふとき、よだかは俄かにのろしのやうにそらへとびあがりました。そらのなかほどへ来て、よだかはまるで鷲が熊を襲ふときするやうに、ぶるっとからだをゆすって毛をさかだてました。

それからキシキシキシキシキシッと高く高く叫びました。その声はまるで鷹でした。野原や林にねむっていたほかのとりは、みんな目をさまして、ぶるぶるふるへながら、いぶかしさうにほしぞらを見あげました。

夜だかは、どこまでも、どこまでも、まっすぐに空へのぼって行きました。もう山焼けの火はたばこの吸殻《すひがら》のくらゐにしか見えません。よだかはのぼってのぼって行きました。

寒さにいきはむねに白く凍りました。空気がうすくなった為に、はねをそれはそれはせはしくうごかさなければなりませんでした。

それだのに、ほしの大きさは、さっきと少しも変りません。つくいきはふいごのやうです。寒さや霜がまるで剣のやうによだかを刺しました。よだかははねがすっかりしびれてしまひました。そしてなみだぐんだ目をあげてもう一ぺんそらを見ました。さうです。これがよだかの最後でした。もうよだかは落ちてゐるのか、のぼってゐるのか、さかさになってゐるのか、上を向いてゐるのかも、わかりませんでした。たゞこころもちはやすらかに、その血のついた大きなくちばしは、横にまがっては居ましたが、たしかに少しわらって居りました。

それからしばらくたってよだかははっきりまなこをひらきました。そして自分のからだがいま燐《りん》の火のやうな青い美しい光になって、しづかに燃えてゐるのを見ました。

すぐとなりは、カシオピア座でした。天の川の青じろいひかりが、すぐうしろになってゐました。

そしてよだかの星は燃えつゞけました。いつまでもいつまでも燃えつゞけました。

今でもまだ燃えてゐます。」

宮沢賢治が遺した、もっとも美しく哀しいファンタジーの一つといってよい。

別の話は「銀河鉄道の夜」の中で、姉娘が父親から聞いたと言って、次のとおり語っている。

「むかしのバルドラの野原に一ぴきの蝎がゐて小さな虫やなんか殺してたべて生きてゐたんですって。するとある日いたちに見附かって食べられさうになったんですって。さそりは一生けん命遁《に》げて遁げたけどたうとういたちに押へられさうになったわ、そのときいきなり前に井戸があってその中に落ちてしまったわ、もうどうしてもあがられないでさそりは溺れはじめたのよ。そのときさそりは斯う云ってお祈りしたといふの、

あゝ、わたしはいままでいくつのものの命をとったかわからない、そしてその私がこんどいたちにとられようとしたときはあんなに一生けん命にげた。それでもたうたうこんなになってしまった。あゝなんにもあてにならない。どうしてわたしはわたしのからだをだまっていたちに呉れてやらなかったらう。そしたらいたちも一日生きのびたらうに。どうか神さま。私の心をごらん下さい。こんなにむなしく命をすてずどうかこの次にはまことのみんなの幸のために私のからだをおつかひ下さい。って云ったといふの。そしたらいつか蝎はじぶんのからだがまっ赤なうつくしい火になって燃えてよるのやみを照らしてゐるのを見たって。いまでも燃えてるってお父さん仰《おっしゃ》ったわ。ほんたうにあの火それだわ。」

さそり座生誕譚である。

この一連の作品の最後に「なめとこ山の熊」を採り上げる。童話は一般的に社会性を欠いている。宮沢賢治の童話もその多くがそうである。しかし、「なめとこ山の熊」はいま検討しているモチーフからみても名作だが、豊かな社会性を持っているという意味でも、宮沢賢治の代表作として挙げることに私は躊躇しない。

「淵沢小十郎はすがめの赭黒《あかぐろ》いごりごりしたおやぢで胴は小さな臼ぐらゐはあったし掌《てのひら》は北島の毘沙門さんの病気をなほすための手形ぐらゐ大きく厚かった。（中略）そこであんまり一ぺんに云ってしまって悪いけれどもなめとこ山あたりの熊は小十郎をすきなのだ。その証拠には熊どもは小十郎がぼちゃぼちゃ谷をこいだり谷の岸の細い平らないっぱいにあざみなどの生えてゐるとこを通るときはだまって高いとこから見送ってゐるのだ。（中略）けれども熊もいろいろだから気の烈しいやつならごうごう咆《ほ》えて立ちあがって、犬などはまるで踏みつぶしさうにしながら小十郎の方へ両手を出してかかって行く。小十郎はぴったり落ち着いて樹をたてにして立ちながら熊の月の輪をめがけてズドンとやるのだった。すると森までががあっと叫んで熊はどたっと倒れ赤黒い血をどくどく吐き鼻をくんくん鳴らして死んでしまふのだった。小十郎は鉄砲を木へたてかけて注意深くそばへ寄って来て斯う云ふのだった。

「熊。おれはてまへを憎くて殺したのでねえんだぞ。おれも商売ならてめへも射《う》たなけぁならねえ。ほかの罪のねえ仕事していんだが畑はなし木はお上のものにきまったし里へ出ても誰も相手にしねえ。仕方なしに猟師なんぞしるんだ。てめへも熊に生れたが因果ならおれもこんな商売が因果だ。やい。この次には熊なんぞに生れなよ」

そのときは犬もすっかりしょげかへって眼を細くして座ってゐた。」

この作品の末尾を引用する。

「小十郎は谷に入って来る小さな支流を五つ越えて何べんも何べんも右から左左から右へ水をわたって溯って行った。そこに小さな滝があった。小十郎はその滝のすぐ下から長根の方へかけてのぼりはじめた。雪はあんまりまばゆくて燃えてゐるくらゐ。小十郎は眼がすっかり紫の眼鏡《めがね》をかけたやうな気がして登って行った。犬はやっぱりそんな崖でも負けないといふ様にたびたび滑りさうになりながら雪にかじりついて登ったのだ。やっと崖を登りきったらそこはまばらに栗の木の生えたごくゆるい斜面の平らで雪はまるで寒水石といふ風にギラギラ光ってゐたしまはりをずうっと高い雪のみねがにょきにょきつったってゐた。小十郎がその頂上でやすんでゐたときだいきなり犬が火のついたやうに咆え出した。小十郎がびっくりしてうしろを見たらあの夏に眼をつけて置いた大きな熊が両足で立ってこっちへかかって来たのだ。

小十郎は落ちついて足をふんばって鉄砲を構へた。熊は棒のやうな両手をびっこにあげてまっすぐに走って来た。さすがの小十郎もちょっと顔いろを変へた。

ぴしゃといふやうに鉄砲の音が小十郎に聞えた。ところが熊は少しも倒れないで嵐のやうに黒くゆらいでやって来たやうだった。犬がその足もとに噛み付いた。と思ふと小十郎はがあんと頭が鳴ってまはりがいちめんまっ青になった。それから遠くで斯う云ふことばを聞いた。

「おゝ小十郎おまへを殺すつもりはなかった。」

もうおれは死んだと小十郎は思った。そしてちらちらちらちら青い星のやうな光がそこらいちめんに見えた。

「これが死んだしるしだ。死ぬとき見る火だ。熊ども、ゆるせよ。」と小十郎は思った。それからあとの小十郎の心持はもう私にはわからない。

とにかくそれから三日目の晩だった。まるで氷の玉のやうな月がそらにかかってゐた。雪は青白く明るく水は燐光《りんくわう》をあげた。すばるや参《しん》の星が緑や橙《だいだい》にちらちらして呼吸をするやうに見えた。

その栗の木と白い雪の峯々にかこまれた山の上の平らに黒い大きなものがたくさん環《わ》になって集って各々黒い影を置き回々《フイフイ》教徒の祈るときのやうにじっと雪にひれふしたまゝいつまでもいつまでも動かなかった。そしてその雪と月のあかりで見るといちばん高いところに小十郎の死骸が半分座ったやうになって置かれてゐた。

思ひなしかその死んで凍えてしまった小十郎の顔はまるで生きてるときのように冴え冴えして何か笑ってゐるやうにさへ見えたのだ。ほんたうにそれらの大きな黒いものは参の星が天のまん中に来てももっと西へ傾いてもじっと化石したやうにうごかなかった。」

※

このように自分の生命とひきかえに生きている生物たち、また小十郎などと比べると、カムパネルラや家庭教師の青年、彼の連れた姉弟など、銀河鉄道の乗客にふさわしくないようにみえる。また、これほどにキリスト教信仰に篤い人々を何故宮沢賢治が描いたのか、私は理解に苦しむ。たとえば「二十六夜」などで彼は輪廻転生を説いている。

「銀河鉄道の夜」はすぐれたファンタジーだが、不満も多い。

私は宮沢賢治の童話をあまり評価しない。それは童話というジャンルを越えることができないためといってよい。成人のための卓抜な文学作品は古今東西数知れない。それらに比べると宮沢賢治の童話はあまりに貧しい。このことは彼が別格のすぐれた詩人であることと矛盾するわけではない。

ただ、好ましい童話をあげるなら、「なめとこ山の熊」「注文の多い料理店」それに「風の又三郎」の先駆形「風野又三郎」「北守将軍と三人兄弟の医者」などをあげたい。「風野又三郎」と「北守将軍と三人兄弟の医者」(韻文形)については別に検討する。

ついでに私の好きな小品「シグナルとシグナレス」をあげるとすれば奇異にみえるかもしれないのだが、一言この小品にふれておきたい。本線のための電信柱のシグナルと軽便鉄道の粗末な電信柱のシグナレスは愛しあっている。しかし、たがいに身じろぎもできないのだから、言葉をかわすより他に互いの思いを伝える方法はない。ところが、二人を見守る倉庫の屋根のはからいで、彼らは地球から遠く離れた天上で会話をかわす夢を一緒に見ている、という、いじらしい結末に到る。ここには作者のかなわなかった愛が仄かにその影を落としていると解されるかもしれない。

「風野又三郎」

「風の又三郎」は宮沢賢治の童話の中で最もひろく知られた作品の一つである。しかし、私は「風の又三郎」よりもその先駆形とされる「風野又三郎」の方がはるかにすぐれており、興趣に富んでいると考えている。

「風の又三郎」に登場する少年は高田三郎という実在の人物であり、父親のモリブデン鉱山の調査のために、一年生から六年生までが一つの教室で授業をうける山村の分教場に転校してきたのである。同じ学校の生徒たちから彼は風の精、風の童子である風の又三郎ではないかと疑われる。彼は、ふしぎなことだが、ということは童話としても現実的と思われないのだが、北海道から転校してきたというのに、「赤い髪」をし、「鼠いろのだぶだぶの上着を着て白い半ずぼんをはいてそれに赤い革の半靴をはいて」いる。「殊に眼はまん円でまっくろ」で、「一向語《ことば》が通じないやう」であった、と書かれている。「あいつは外国人だな」などと生徒たちが話し合っていると、「そのとき風がどうと吹いて来て教室のガラス戸はみんながたがた鳴り、学校のうしろの山の萱《かや》や栗の木はみんな変に青じろくなってゆれ、教室のなかのこどもは何だかにやっとわらってすこしうごいたやうでした」とあり、「すると嘉助がすぐ叫びました」と続き、

「あ、わかったあいつは風の又三郎だぞ」と言うと「さうだっとみんなもおもった」という。

こうして奇妙な容貌、服装の都会風の子は同じ小学校の生徒たちから「風の又三郎」と期待され、そういう空想の存在と一体化した人物として交友関係をもつこととなる。ただし、彼はあくまで高田三郎という現実の少年なのである。「みんなのうしろのところにいつか一人の大人が立ってゐ」て、「その人は白いだぶだぶの麻服を着て黒いてかてかした半巾《はんけち》をネクタイの代りに首に巻いて手には白い扇をもって軽くじぶんの顔を扇ぎながら少し笑ってみんなを見おろしてゐた」と書かれている。これが三郎の父親だが、これもかなりに風変りな服装である。

この高田三郎という少年を山村の少年たちの空想する風の又三郎ではないかという発想に作者も加担しているようである。この作品の中で、例外的な個所で「三郎」と書かれているばあいを除き、高田三郎少年はすべて「又三郎」と書かれている。入学した翌日、九月二日の記述から引用する。

「「来たぞ。」と一郎が思はず下に居る嘉助へ叫ばうとしてゐますと早くも又三郎はどてをぐるっとまはってどんどん正門を入って来ると

「お早う。」とはっきり云ひました。みんなはいっしょにそっちをふり向きましたが一人も返事をしたものがありませんでした。それはみんなは先生にはいつでも「お早うございます」といふやうに習ってゐたのでしたがお互に「お早う」なんて云ったことがなかったのに又三郎にさう云はれても一郎や嘉助はあんまりにはかで又勢がいゝ、のでたうとう臆せてしまって一郎も嘉助も口の中でお早うとい

ふかはりにもにゃもにゃっと云ってしまったのでした。ところが又三郎の方はべつだんそれを苦にする風もなく二三歩又前へ進むとじっと立ってそのまっ黒な眼でぐるっと運動場ぢゅうを見まはしました。」

もう一箇所、九月八日の記述を引用する。この日を最後に、高田三郎少年は姿を消すことになるのだが、村童たちは川遊びをしている。鬼ごっこである。

「しまひにたうとう、又三郎一人が鬼になりました。又三郎はまもなく吉郎《きちらう》をつかまへました。みんなは、さいかちの木の下に居てそれを見てゐました。すると又三郎が、

「吉郎君、きみは上流《かみ》から追って来るんだよ。い、か。」と云ひながら、じぶんはだまって立って見てゐました。吉郎は、口をあいて手をひろげて、上流《かみ》から粘土の上を追って来ました。みんなは淵へ飛び込む仕度をしました。一郎は楊《やなぎ》の木にのぼりました。そのとき吉郎が、あの上流《かみ》の粘土が、足についてゐたためにみんなの前ですべってころんでしまひました。みんなは、わあわあ叫んで、吉郎をはねこえたり、水に入ったりして、上流《かみ》の青い粘土の根に上ってしまひました。

「又三郎、来《こ》。」嘉助は立って、口を大きくあいて、手をひろげて、又三郎をばかにしました。すると又三郎は、さっきからよっぽど怒ってゐたと見えて、

「ようし、見てゐろよ。」と云ひながら、本気になって、ざぶんと水に飛び込んで、一生けん命、そっちの方へ泳いで行きました。」

高田三郎少年は作者によって又三郎とよばれていただけでなく、同じ学校の仲間たちにも又三郎とよばれていた。村童たちは高田三郎少年を風の又三郎だと思いたがっていたので綽名として彼を又三郎とよんでいたにちがいない。

九月一二日、第一二日目に高田三郎は登校してこない。モリブデンの鉱脈は着手しないことになったので引越したのだと生徒たちは教えられる。

「さうだなぃな。やっぱりあいづは風の又三郎だったな。」

嘉助がそう高く叫んだ、と記されている。彼らにとって高田三郎少年は風の又三郎であった。彼らはそう信じたかった。彼らがそう信じていることをそのまま作者はうけとって本文中にも又三郎と記し、読者に村童たちと同じような感じをもたせたのである。作者の高度の技法といってよい。ただ、村童たちが高田三郎少年を風の又三郎と信じる思い入れを除くと、この童話にはさほどの興趣はない。

九月四日、日曜の記述だけは、高田三郎少年は三郎と記されている。冒頭は次のとおりである。

「次の朝空はよく晴れて谷川はさらさら鳴りました。一郎は途中で嘉助と佐太郎と悦治をさそって一緒に三郎のうちの方へ行きました。学校の少し下流で谷川をわたって、それから岸で楊《やなぎ》の枝をみんなで一本づつ折って青い皮をくるくる剝いで鞭を拵へて手でひゅうひゅう振りながら上の野原への路をだんだんのぼって行きました。みんなは早くも登りながら息をはあはあしました。

「又三郎ほんとにあそごの湧水まで来て待ぢでるべが。」

「待ぢでるんだ。又三郎偽《うそ》こがなぃもな。」

作者の記述は三郎だが、村童たちには高田三郎は風の又三郎である。

彼らは三郎と一緒に登っていく。

「ほんたうにそこはもう上の野原の入口で、きれいに刈られた草の中に一本の巨きな栗の木が立ってその幹は根もとの所がまっ黒に焦げて巨きな洞のやうになり、その枝には古い繩や、切れたわらぢなどがつるしてありました。」

そこで一郎の兄と出会い、兄が言う。

「善《ゆ》ぐ来たな。みんなも連れで来たのが。善ぐ来た。戻りに馬こ連れでてけろな。今日ぁ午《ひる》まがらきっと曇る。俺《おら》もう少し草集めて仕舞《しむ》がらな、うなだ遊ばばあの土手の中さ入ってろ。まだ牧場の馬二十疋《びき》ばかり居るがらな。」

「兄さんは向ふへ行かうとして、振り向いて又云ひました。

「土手がら外さ出はるなよ。迷ってしまふづど危なぃがらな。午まになったら又来るがら。」

「うん。土手の中に居るがら。」

そして一郎の兄さんは、行ってしまひました。」

やがて三郎が競馬をやろうと言い、鞍がないから競馬はできない、馬追いをしよう、と提案し、一同は賛同する。馬の群れは四人が入ってきた土手の切れた所から土手の外へ出てしまう。皆が馬を追いかけるのだが、逃がしてしまう。

「嘉助はもう足がしびれてしまってどこをどう走ってゐるのかわからなくなりました。

それからまはりがまっ蒼《さを》になって、ぐるぐる廻り、たうとう深い草の中に倒れてしまひました。馬の赤いたてがみとあとを追って行く三郎の白いシャッポが終りにちらっと見えました。」

嘉助は一度は立ち上って又馬を追うのだが、道に迷ってしまう。

「黒い路が、俄《にはか》に消えてしまひました。あたりがほんのしばらくしいんとなりました。それから非常に強い風が吹いて来ました。

空が旗のやうにぱたぱた光って翻へり、火花がパチパチパチッと燃えました。嘉助はたうとう草の中に倒れてねむってしまひました。

そんなことはみんなどこかの遠いできごとのやうでした。

もう又三郎がすぐ眼の前に足を投げだしてだまって空を見あげてゐるのです。いつかいつもの鼠《ねずみ》いろの上着の上にガラスのマントを着てゐるのです。それから光るガラスの靴をはいてゐるのです。

又三郎の肩には栗の木の影が青く落ちてゐます。又三郎の影はまた青く草に落ちてゐます。そして風がどんどんどんどん吹いてゐるのです。又三郎は笑ひもしなければ物も云ひません。たゞ小さな唇を強さうにきっと結んだまゝ、黙ってそらを見てゐます。いきなり又三郎はひらっとそらへ飛びあがりました。ガラスのマントがギラギラ光りました。ふと嘉助は眼をひらきました。灰いろの霧が速く速く飛んでゐます。

そして馬がすぐ眼の前にのっそりと立ってゐたのです。その眼は嘉助を怖れて横の方を向いてゐました。

嘉助ははね上って馬の名札を押へました。そのうしろから三郎がまるで色のなくなった唇をきっと結んでこっちへ出てきました。嘉助はぶるぶるふるへました。」

嘉助がガラスのマントを着た又三郎を夢にみたのはもちろん彼の高田三郎がじつは風の又三郎だというつよい思いこみによる。この思いこみが村童たちに高田三郎が風の又三郎だと確信させるのだが、この後の何日か、村童たちと高田三郎少年は少年たちにとってごく普通の遊びに興じている。

九月五日には、何気なしに三郎少年が煙草の葉をむしりとる。当時、煙草は専売局に属していたから、葉一枚でもとることは禁止されていた。そのための一騒動の後、風が有用か無用か、彼らの間で議論し、村童たちは風が有用だという三郎少年に言いまかされる。

九月七日には、彼らが水遊びしていると、大人が発破（火薬）をしかけて魚をとるのを見かけ、その後わらぢや脚絆《きやはん》の汚なくなったのを川の水で洗っているので、一郎以下、いっせいに「あんまり川を濁すなよ、いつでも先生《せんせ》云ふでなぃか」と声をかけたりする。

九月八日には一同は鬼ごっこで遊ぶ。その末尾は次のとおりである。

「そのうちに、いきなり上の野原のあたりで、ごろごろごろと雷が鳴り出しました。と思ふと、まるで山つなみのやうな音がして、一ぺんに夕立がやって来ました。風までひゅうひゅう吹きだしました。淵《ふち》の水には、大きなぶちぶちがたくさんできて、水だか石だかわからなくなってしまひました。みんなは河原から着物をかかへて、ねむの木の下へ遁げこみました。すると又三郎も何だかはじめて怖くなったと見えてさいかちの木の下からどぼんと水へはひってみんなの方へ泳ぎだしました。すると誰ともなく

「雨はざっこざっこ雨三郎

風はどっこどっこ又三郎」

と叫んだものがありました。みんなもすぐ声をそろへて叫びました。

「雨はざっこざっこ雨三郎

風はどっこどっこ又三郎」

すると又三郎はまるであわてて、何かに足をひっぱられるやうに淵からとびあがって一目散にみんなのどころに走って来てがたがたふるへながら

「いま叫んだのはおまへらだちかい。」とききました。

「そでない、そでない。」みんなは一しょに叫びました。ぺ吉がまた一人出て来て、

「そでない。」と云ひました。又三郎は、気味悪さうに川のはうを見ましたが色のあせた唇をいつも

のやうにきつと噛んで
「何だい。」と云ひましたが、からだはやはりがくがくふるつてゐました。
そしてみんなは雨のはれ間を待つてめいめいのうちへ帰つたのです。」
ここでも、高田三郎を又三郎と言い、「雨はざっこざっこ雨三郎／風はどっこどっこ又三郎」と皆が叫ぶのを聞いて、叫んだのはお前たちか、と訊ね、がたがたふるえているという描写も、作者の作為によって読者を高田三郎が風の又三郎ではないかという思いこみにひきこもうとする表現をことさらにしているかのようにみえる。
九月一二日、第一二日目がこの童話の最終日である。
「「どっどど　どどうど　どどうど　どどう
青いくるみも、吹きとばせ
すっぱいくゎりんも吹きとばせ
どっどど　どどうど　どどうど　どどう
どっどど　どどうど　どどうど　どどう」
先頃《せんころ》又三郎から聞いたばかりのあの歌を一郎は夢の中で又きいたのです。
びっくりして跳ね起きて見ると外ではほんたうにひどく風が吹いて林はまるで咆えるやう、あけがた近くの青ぐろい、うすあかりが障子や棚の上の提灯箱《ちやうちんばこ》や家中一ぱいでした。一郎はすばやく帯をしてそして下駄をはいて土間を下り馬屋の前を通って潜《くぐ》りをあけましたら風がつめたい雨の粒と一緒にどうっと入って来ました。」

途中は略す。一郎は母親に「又三郎は飛んでったがも知れないもや」と言う。学校へ行って「先生、又三郎今日来るのすか」と訊ねると、先生は「又三郎って高田さんですか。えゝ、高田さんは昨日お父さんといっしょにもう外《ほか》へ行きました。日曜なのでみなさんにご挨拶するひまがなかったのです」と答える。モリブデンの鉱脈は当分手をつけないことになったためと聞くのだが、一浪と嘉助は「さうだないな。やっぱりあいづは風の又三郎だったな」と口をそろえて言う。

「風はまだやまず、窓がらすは雨つぶのために曇りながらまだがたがた鳴りました」とこの童話は終っている。

高田三郎少年を風の又三郎と思いこんだ村童たちをつよめるように、作者は三郎少年を奇妙な色の髪をもち、変った服装で登場させ、作中、又三郎とよび、読者を村童たちの思いこみに引きずりこむような、さまざまなしかけをしている。読者も読後、彼は本当に風の又三郎だったのではないか、という錯覚をもつかもしれない。

そういう意味で巧みな作品であり、愉しい作品である。しかし、村童たちの思いこみとそれをつよめている作者の作為がなければ、これは山ふかい村の分教場に転校してきた都会の少年と村の少年たちとの交渉を描いた作品にとどまり、馬追いも、水遊びもどうといったものではない。つまり、村童たちの思いこみという枠組みを外すと、さして高く評価できる作品ではない。しかし、こうした枠組みをしくんだことに宮沢賢治の天賦の才能があり、それなりの感興を覚えることを私は否定するわけではない。

※

私には「風の又三郎」よりもその先駆形とみられる「風野又三郎」の方がよほど感興に富んでいると思われる。

「風野又三郎」も九月一日にはじまる。

「どっどどどどうど　どどうど　どどう、

ああまいざくろも吹きとばせ

すっぱいざくろもふきとばせ

どっどどどどうど　どどうど　どどう」

冒頭の歌は「風の又三郎」と若干違う。続く「谷川の岸に小さな四角な学校がありました。」も「風の又三郎」の表現の方が若干手が加えられている。一人の先生が五学級を受けもっているのは、

「風の又三郎」には一年生から六年生まで在学しており、一人の先生が担当していることと僅かながら違いがある。

「しんとした朝の教室のなかにどこから来たのか、まるで顔も知らないをかしな赤い髪の子供がひとり、番前の机にちゃんと座ってゐたのです」とあり、また「ぜんたいその形からが実にをかしいのでした。変てこな鼠いろのマントを着て水晶かガラスか、とにかくきれいなすきとほった沓《くつ》をはいてゐました。それに顔と云ったら、まるで熟した苹果《りんご》のやう殊に眼はまん円でまっくろなのでした。」

こうした容姿は「風の又三郎」にひきつがれている。一面では北海道から移ってきた少年高田三郎としては不自然だし、この少年がじつは風の又三郎なのではないかと村童たちに思いこませるのには効果があるかもしれない。「風野又三郎」では事実この少年は風の精、風の童子なのだから、この描写は不自然とはいえないが、「風の又三郎」の高田三郎の容姿としては誇張にすぎると思われる。

九月二日に移る。

「次の日もよく晴れて谷川の波はちらちらひかりました。

一郎と五年生の耕一とは、丁度午后二時に授業がすみましたので、いつものやうに教室の掃除をして、それから二人一緒に学校の門を出ましたが、その時二人の頭の中は、昨日の変な子供で一杯になってゐました。そこで二人はもう一度、あの青山の栗の木まで行って見ようと相談しました。二人は鞄をきちんと背負ひ、川を渡って丘をぐんぐん登って行きました。

ところがどうです。丘の途中の小さな段を一つ越えて、ひょっと上の栗の木を見ますと、たしかにあの赤髪の鼠色のマントを着た変な子が草に足を投げ出して、だまって空を見上げてゐるのです。今日こそ全く間違ひありません。たけにぐさは栗の木の左の方でかすかにゆれ、栗の木のかげは黒く草の上に落ちてゐます。

その黒い影は変な子のマントの上にもかかってゐるのでした。二人はそこで胸をどきどきさせて、まるで風のやうにかけ上りました。その子は大きな目をして、じっと二人を見てゐましたが、逃げようともしなければ笑ひもしませんでした。小さな唇を強そうにきっと結んだまゝ、黙って二人のかけ上って来るのを見てゐました。

二人はやっとその子の前まで来ました。けれどもあんまり息がはあはあしてすぐには何も云へませんでした。耕一などはあんまりもどかしいもんですから空へ向いて、

「ホッホウ。」と叫んで早く息を吐いてしまはうとしました。するとその子が口を曲げて一寸笑ひました。

一郎がまだはあはあ云ひながら、切れ切れに叫びました。

「汝《うな》ぁ誰だ。何だ汝《うな》ぁ。」

するとその子は落ちついて、まるで大人のやうにしっかり答へました。

「風野又三郎。」

「どこの人だ、ロシヤ人か。」
するとその子は空を向いて、はあはあはあはあ笑ひ出しました。その声はまるで鹿の笛のやうでした。」

こうして「風野又三郎」、風の精、風の神の子、風の童子は自ら名のり出る。「風の又三郎」においては高田三郎は一郎をはじめとする村童たちと同じ少年で、たんに風の又三郎なのではないかと思いこまされている存在にすぎないが、「風野又三郎」はまさに又三郎がそのさまざまな冒険、体験の語り手であり、一郎をはじめとする村童たちは聞き手にすぎない。このように実在しない、空想、伝説中の人物を村童たちと同じ少年として出現させ、語り手として登場させることは、いわば奇想天外、宮沢賢治でなくては発想できない、きわめて独自、独創力の所産である。「風野又三郎」はこうした空想、伝説中の人物を、実在の少年と同じ存在として眼前に描きだし、物語の語り手とさせたことだけでも、「風の又三郎」よりも興趣に富んでいると言ってよいだろう。

「何て云ふ、汝の兄《あい》なは。」
と訊ねられ、「機嫌を悪く」した又三郎は
「風野又三郎。きまってるぢゃないか。」
と答えると、村童は
「あ、判った。うなの兄なも風野又三郎、うなぃのお父さんも風野又三郎、うなぃの叔父さんも風野又三郎だな。」

と叫ぶ。風の精は誰も彼もが風の又三郎とよばれていたようである。この作品中の又三郎は風の精一族中の末弟のようである。だから村童たちと同年輩なのであろう。

又三郎は「どこへでも行く」と言い、支那へも行ったと言い、「ゆふべは岩手山の谷へ泊ったんだよ」と言う。村童たちの一人が「い丶なぁ、おらも風になるたぃなぁ」と言うと、「風の又三郎はよろこんだの何のって、顔をまるでりんごのやうにか〻やくばかり赤くしながら、いきなり立ってきりきりきりっと二三べんか丶とで廻りました。鼠色のマントがまるでギラギラする白光りに見えました」と話し、「昨日の朝、僕はこ丶から北の方へ行ったんだ。途中で六十五回もゐねむりをした」と言う。「ゐねむり」と村童がとがめると
「うるさいねえ、ゐねむりたって僕がねむるんぢゃないんだよ。お前たちがさう云ふんぢゃないか。お前たちは僕らのじっと立ったり座ったりしてゐるのを、風がねむると云ふんぢゃないか。僕はわざとお前たちにわかるやうに云ってるんだよ。うるさいねえ。」その後岩手山へ登山する人たちにいたずらする話などを聞かせ、しまいに一郎が、「お前《まい》はまだここらに居るのか」と尋ねると、「さうだねえ。もう五六日は居るだらう」と答え、「僕たちお友達にならうかねえ」と言い、「又三郎は立ちあがってマントをひろげたと思ふとフィウと音がしてもう形が見えませんでした。

一郎と耕一とは、あした又あふのを楽しみに、丘を下っておうちに帰りました。」

九月二日の記述は以上で終る。

九月三日、一郎は十人の子供を連れて丘にかけ上って又三郎の到着を待つ。

「又三郎、又三郎、どうどっと吹いて降りで来。」

などと叫んで待っていると、

「その時です。あのすきとほる沓とマントがギラッと白く光って、風の又三郎は顔をまっ赤に熱《ほて》らせて、はあはあしながらみんなの前の草の中に立ちました。」

一同が又三郎に待っていたと言うと、彼はマントのかくしから、うすい黄色のはんけちを出して、額の汗を拭きながら次のように答える。

「僕ね、もっと早く来るつもりだったんだよ。ところがあんまりさっき高いところへ行きすぎたもんだから、お前達の来たのがわかってゐても、すぐ来られなかったんだよ。それは僕は高いところまで行って、そら、あすこに白い雲が環になって光ってゐるんだらう。僕はあのまん中をつきぬけてもっと上に行ったんだ。そして叔父さんに挨拶して来たんだ。僕の叔父さんなんか偉いぜ。今日だってもう三十里から歩いてゐるんだ。僕にも一緒に行かうって云ったけれどもね、僕なんかまだ行かなくてもいいんだよ。」

次いで又三郎は前年保久大将の家を通りかかった挿話を語るが、これは略すこととし、村童が「いいなあ、又三郎さんだちはいいなあ」と言うのを聞いて、又三郎が説教する。この説教には作者の考えが反映していると思われる。

「お前たちはだめだねえ。なぜ人のことをうらやましがるんだい。僕だってつらいことはいくらもあるんだい。お前たちにもいゝことはたくさんあるんだい。僕は自分のことを一向考へもしないで人のことばかりうらやんだり馬鹿にしてゐるやつらを一番いやなんだぜ。僕たちの方ではね、自分を外《ほか》のものとくらべることが一番はづかしいことになってゐるんだ。僕たちはみんな一人一人なんだよ。さっきも云ったやうな僕たちの一年に一ぺんか二へんの大演習の時にね、いくら早くばかり行ったって、うしろをふりむいたり並んで行くものの足なみを見たりするものがあると、もう誰も相手にしないんだぜ。やっぱりお前たちはだめだねえ。外の人とくらべることばかり考へてゐるんじゃないか。僕はそこへ行くとさっき空で遭った鷹がすきだねえ。あいつは天気の悪い日なんか、ずゐぶん意地の悪いこともあるけれども空をまっすぐに馳けてゆくから、僕はすきなんだ。銀色の羽をひらりひらりとさせながら、空の青光の中や空の影の中を、まっすぐにまっすぐに、まるでどこまで行くかわからない不思議な矢のやうに馳けて行くんだ。だからあいつは意地悪で、あまりいい気持はしないけれども、さっきも、よう、あんまり空の青い石を突っつかないでくれっ、て挨拶したんだ。するとあいつが云ったねえ、ふん、青い石に穴があいたら、お前にも向ふ世界を見物させてやらうって云ふんだ。云ふことはすゐぶん生意気だけれども僕は悪い気がしなかったねえ。」

※

「風野又三郎」のあらすじを辿るのがこの文章の目的ではない。この作品の興趣を伝えるのが目的である。風野又三郎の語る挿話のどれもが興趣ふかいのだが、とりわけ私が好む若干を以下に紹介する。

まず九月五日に又三郎が語る挿話である。

「僕たちの仲間はみんな上海と東京を通りたがるよ。どうしてって東京には日本の中央気象台があるし上海には支那の中華大気象台があるだらう。どっちだって偉い人がたくさん居るんだ。本当は気象台の上をかけるときは僕たちはみんな急ぎたがるんだ。どうしてって風力計がくるくるくるくる廻ってゐて僕たちのレコードはちゃんと下の機械に出て新聞にも載るんだらう。誰だってい丶レコードを作りたいからそれはどうしても急ぐんだよ。けれども僕たちの方のきめでは気象台や測候所の近くへ来たからって俄に急いだりすることは大へん卑怯なことにされてあるんだ。お前たちだってきっとさうだらう、試験の時ばかりむやみに勉強したりするのはいけないことになってるだらう。だから僕たちも急ぎたくたってわざと急がないんだ。そのかはりほんたうに一生けん命かけてる最中に気象台へ通りか丶るときはうれしいねえ、風力計をまるでのぼせるくらゐにまはしてピーッとかけぬけるだらう、胸もすっとなるんだ。面白かったねえ、一昨年だったけれど六月ころ僕丁度上海に居たんだ。昼の間には海から陸へ移って行き夜には陸から海へ行ってたねえ、大抵朝は十時頃海から陸の方へかけぬけるやうになってゐたんだがそのときはいつでも、うまい工合に気象台を通るやうになるんだ。すると気象台の風力計や風信器や置いてある屋根の上のやぐらにいつでも一人の支那人の理学博士と子供の助手とが立ってゐるんだ。

博士はだまってゐたが子供の助手はいつでも何か言ってゐるんだ。そいつは頭をくりくりの芥子坊《けし》主にしてね、着物だって袖の広い支那服だらう、沓《くつ》もはいてるねえ、大へんかあいらしいんだよ、一番はじめの日僕がそこを通ったら斯《か》う言ってゐた。

「これはきっと颶風《ぐふう》ですね。ずゐぶんひどい風ですね。」

すると支那人の博士が葉巻をくわえたまゝふんふん笑って

「家が飛ばないいぢゃないか。」

と云ふと子供の助手はまるで口を尖らせて、

「だって向ふの三角旗や何かぱたぱた云ってます。」といふんだ。博士は笑って相手にしないで壇を下りて行くねえ、子供の助手は少し悄気《しよげ》ながら手を拱いてあとから恭恭しくついて行く。」

次の日も、その次の日も又三郎は馳けるのだが、理学博士が暴風と認めてくれない話に続き、最後はこうである。

「僕はその晩中あしたもう一ぺん上海の気象台を通りたいといくら考へたか知れやしない。ところがうまいこと通ったんだ。そして僕は遠くから風力計の椀がまるで眼にも見えない位速くまはってゐるのを見、又あの支那人の博士が黄いろなレーンコートを着子供の助手が黒い合羽を着てやぐらの上に立って一生けん命空を見あげてゐるのを見た。さあ僕はもう笛のやうに鳴りいなづまのやうに飛んで「今日は暴風ですよ、そら、暴風ですよ。今日は。さよなら。」と叫びながら通ったんだ。」

※

九月五日の又三郎の話は、私のもっとも好きな水沢の緯度観測所における又三郎の悪戯に続く。原文をそのまま全部引用する。

「さうだ、そのときは僕は海をぐんぐんわたってこっちへ来たけれども来る途中でだんだんかけるのをやめてそれから丁度五日目にこゝも通ったよ。その前の日はあの水沢の臨時緯度観測所も通った。あすこは僕たちの日本では東京の次に通りたがる所なんだよ。なぜってあすこを通るとレコードでも何でもみな外国の方まで知れるやうになることがあるからなんだ。あすこを通った日は丁度お天気だったけれど、さうさう、その時は丁度日本では入梅だったんだ、僕は観測所へ来てしばらくある建物の屋根の上にやすんでゐたねえ、やすんで居たって本当は少しとろとろ睡ったんだ。すると俄かに下で

「大丈夫です、すっかり乾きましたから。」と云ふ声がするんだらう。見ると木村博士と気象の方の技手とがラケットをさげて出て来てゐたんだ。木村博士は痩せて眼のキョロキョロした人だけれども僕はまあ好きだねえ、それに非常にテニスがうまいんだよ。僕はしばらく見てたねえ、どうしてもその技手の人はかなはない、まるっきり汗だらけになってよろよろしてゐるんだ。あんまり僕も気の毒になったから屋根の上からじっとボールの往来をにらめてすきを見て置いてねえ、丁度博士がサーヴをつかったときふうっと飛び出して行って球を横の方へ外らしてしまったんだ。博士はすぐもう一つの球を打ちこんだねえ。そいつは僕は途中に居て途方もなく遠くへけとばしてやった。

「こんな筈はないぞ。」と博士は云ったねえ、僕はもう博士にこれ位云はせれば沢山だと思って観測所をはなれて次の日丁度こゝへ来たんだよ。ところでね、僕は少し向ふへ行かなくちゃいけないから今日はこれでお別れしよう。さよなら。」

木村博士は緯度観測に重大な貢献をした木村栄。宮沢賢治は屡々緯度観測所（現在は国立天文台の一つ）を訪ねているので、木村博士の風貌やテニスの技量も知っていたのであろう。

※

九月六日、雨があがり、晴れわたった午後、下校の帰途、耕一は「路の一とこに崖からからだをつき出すやうにした楢や樺の木が路に被さった」所で、「俄かに木がぐらっとゆれてつめたい雫が一ぺんにざっと落ちて来」る目に遭う。次の木のトンネルでも又ざっと雫が落ちてきて、三度、四度くりかえされるので、「誰だ。誰だ」と上をにらむが返事はなく、川がごうごう鳴るばかり。そこで耕一は傘をさすと、どうっと風が吹き、傘がぱっと開いて吹き飛ばされそうになり、耕一がしっかり柄をつかんでいると傘はこわれてしまう。

「すると丁度それと一緒に向ふではあはあ笑ふ声がしたのです。びっくりしてそちらを見ましたらそいつは、そいつは風の又三郎でした。ガラスのマントも雫でいっぱい髪の毛もぬれて束になり赤い顔からは湯気さへ立てながらはあはあはあはあふいごのやうに笑ってゐました。」

諦めた耕一が家へ帰ると「さっきの傘がひろげて干してあるのです。照井耕一という名もちゃんと書いてありましたし、さっきはなれた処もすっかりくっつききれた糸も外《ほか》の糸でつないでありました。耕一は縁側に座りながらたうとう笑ひ出してしまったのです。」

これも風野又三郎の悪戯だが、凡庸な感がつよい。

九月七日には、風が有用か無用かの問答があり、耕一が風車のことで又三郎にやりこめられる。この問答が「風の又三郎」でも採用されていることは知られているはずである。

九月八日、又三郎は大循環の話を聞かせる。

一郎が「北極の話きかせないが」と言うと、又三郎はひどくにこにこした、とあり、

「大循環の話なら面白いけれどむづかしいよ」と言い、次のように話しはじめる。

「僕は大循環のことを話すのはほんたうはすきなんだ。僕は大循環は二遍やったよ。尤も一遍は途中からやめて下りたけれど、僕たちは五遍大循環をやって来ると、もうそれぁ幅が利くんだからね、だからみんなでかけるんだよ、けれども仲々うまく行かないからねえ、ギルバート群島からのぼって発ったときはうまくいったけれどねえ、ボルネオから発ったときはすっかりしくじっちゃったんだ。それでも面白かったねえ、ギルバート群島の中の何と云ふ島かしら小さいけれども白壁の教会もあった、その島の近くに僕は行ったねえ、行くたって仲々容易ぢゃないや、あすこらは赤道無風帯ってお前たちが云ふんだらう。僕たちはめったに歩けやしない。それでも無風帯のはじの方から舞ひ上ったんぢゃ中々高いとこへ行かないし高いとこへ行かなきゃ北極だなんて遠い処へも行けないから誰でもみんななるべく無風帯のまん中へ行かう行かうとするんだ。僕は一生けん命すきをねらってはひるのうちに海から向ふの島へ行くやうにし夜のうちに島から又向ふの海へ出るやうにして何べんも何べんも戻ったりしながらやっとすっかり赤道まで行ったんだ。赤道には僕たちが見るとちゃんと白い指導標が立ってゐるよ。お前たちが見たんぢゃわかりゃしない。大循環志願者出発線、これより北極に至る八千九百ベェスター南極に至る八千七百ベェスターと書いてあるんだ。そのスタートに立って僕は待ってゐたねえ、向ふの島の椰子の木は黒いくらゐ青く、教会の白壁は眼へしみる位白く光ってゐるだらう。だんだんひるになって暑くなる、海は油のやうにとろっとなってそれでもほんの申しわけに白い波がしらを振ってゐる。

ひるすぎの二時頃になったらう。島で銅鑼がだるさうにぼんぼんと鳴り椰子の木もパンの木も一ぱいにからだをひろげてだらしなくねむってゐるやう、赤い魚も水の中でもうふらふら泳いだりじっとまったりして夢を見てゐるんだ。その夢の中で魚どもはみんな青ぞらを泳いでゐるんだ。青ぞらをぷかぷか泳いでゐると思ってゐるんだ。魚といふものは生意気なもんだねえ、ところがほんたうは、その時、空を騰《のぼ》って行くのは僕たちなんだ、魚ぢゃないんだ。もうきっとその辺にさへ居れや、空へ騰って行かなくちゃいけないやうな気がするんだ。けれどものぼって行くたってそれはそれはそおっとのぼって行くんだよ。椰子の樹の葉にもさわらず魚の夢もさまさないやうにまるでまるでそおっとのぼって行くんだ。はじめはそれでも割合早いけれどもだんだんのぼって行って海がまるで青い板のやうに見え、その中の白いなみがしらもまるで玩具《おもちゃ》のやうに小さくちらちらするやうになり、さっきの島などはまるで一粒の緑柱石のやうに見えて来るころは、僕たちはもう上の方のずうっと冷たい所に居てふうと大きく息をつく、ガラスのマントがぱっと曇ったり又さっと消えたり何べんも何べんもするんだよ。けれどもたうとうすっかり冷くなって僕たちはがたがたふるえちまふんだ。さうすると僕たちの仲間はみんな集って手をつなぐ。そしてまだまだ騰って行くねえ、そのうちたうとうもう騰れない処まで来ちまふんだよ。その辺の寒さなら北極とくらべたってそんなに違やしない。」

一行はここで南極行と北極行に分れて大循環に入るのだが、以下は省略する。

翌九月十日には又三郎はもう去っている。

※

風の精、風の神の子を少年として私たちの眼前に出現させたら、こんな生き生きとし、きびきびして、小生意気に、こうした話を聞かせてくれるのではないか。この構想において「風野又三郎」は卓抜である。そして、又三郎の語り口の面白さ、話す内容の意外性など、じつに愉しい物語である。私は又三郎が彷彿と眼前に存在するかのように感じ、たまらなく好意をもつ。

「風野又三郎」に比べると、「風の又三郎」は構想も工夫にあっても「風野又三郎」ほどの意外性はないし、物語の内容も村童たちの通常の遊びの域を出るものではない。

そういう意味で、私は「風野又三郎」の方が「風の又三郎」よりもすぐれていると考える。たんに先駆形だというだけで、「風野又三郎」の読者は全集の読者に限られていることを私は残念に思う。「風野又三郎」はもっとひろく読まれてよい作品である。

「北守将軍と三人兄弟の医者」

私は「北守将軍と三人兄弟の医者」を、私が二十歳にもならないころ宮沢賢治の作品にはじめて接した当時から現在に至るまで、終始愛読してきた。ことに

みそかの晩とついたちは
砂漠に黒い月が立つ。
西と南の風の夜は
月は冬でもまつ赤だよ。
雁《がん》が高みを飛ぶときは
敵が遠くへ遁げるのだ。
追はうと馬にまたがれば
にはかに雪がどしやぶりだ。

という作中の軍歌は若いころの私の愛誦してやまぬ詩のひとつであった。この軍歌が唐詩選巻六の盧

綸の作

月黒雁飛高　月黒くして雁の飛ぶこと高し
単于夜遁逃　単于　遠く遁逃す
欲将軽騎逐　軽騎を将《ひき》いて逐わんと欲すれば
大雪満弓刀　大雪　弓刀に満つ

に依拠していることを「敗戦前すでに旧制一高生倉田卓次によって発見されて」いた旨を新修全集第十二巻の解説で天沢退二郎さんが記しているが、私はこの倉田さんの発見を倉田さんの親友であった故遠藤麟一郎さんからすでに当時聞かされていた。校本全集によって初期形が紹介されたのでこの軍歌の初期形をみると、あらためて倉田さんの炯眼に感嘆の念を禁じられない。新修全集第十巻の初期の韻文形「三人兄弟の医者と北守将軍」には、この軍歌は

月はまつくろだ、
雁《がん》は高く飛ぶ
やつらは遠く遁《に》げる。

追ひかけようとして
馬の首を叩けば
雪が一杯に降る。

とされており、同巻所収の異稿でも行替えに違いがみられるだけで、ほとんど盧綸の五言絶句の直訳といってよい。新修全集第十三巻所収の「児童文学」発表形では、はるかにイメージもふくらみ、格調も高い。それだけ盧綸の作から離れている。もし初期の韻文形のような作であれば、この軍歌があれほどに当時の私の心をとらえることはなかったろう。

だからほぼ半世紀にわたって私は「北守将軍と三人兄弟の医者」を愛読してきたのだが、それでも、これまでこの作品について感想を記したことはなかった。この作品を宮沢賢治の全作品の中でどう位置づけるべきなのかが私には手に余ることであった。また、この作品の魅力がどこにあるのか、何故賢治がこの作品を書いたのか、その動機はどういうことなのか、私には手がかりが見出せなかったのである。いま校本全集以来あきらかにされた初期形を手がかりとして、そうした私の多年の疑問に、私は一応の解釈を試みようと思う。ただ私は近年の賢治研究の成果を殆ど知らないので、私の試みも何ら目新しいものではないかもしれない。

すぐに目につくことだが、初期の散文形「三人兄弟の医者と北守将軍」においては、主人公は三人兄弟の医者であって、北守将軍はいわば狂言廻しにすぎない。これに反し、発表形「北守将軍と三人兄弟の医者」では主人公はあきらかに北守将軍である。初期の散文形と発表形（およびその異稿）との間にはほぼ十年の期間があった。その間にこの作品の骨組がまったく変ってしまったのである。初期の韻文形（新修全集第十巻の本文）では

プランペラポラン将軍は
顔をしかめて先頭に立ち
ひとびとの万歳の中を
しづかに馬を泳がせた。

と終っている。つまり、三人兄弟の医者の治療をうけて完治した北守将軍がその軍隊を王宮に進める光景でこの作品は結ばれている。初期散文形（新修全集第十巻異稿の初期形）では「つぎの日、三人兄弟の医者、ホトランカン、サラバアユウ、それから、ペンクラアネイが、大学士になり、王様の病気のときは、どうか来て見て下さいと頼まれたのです」、と結ばれている。この初期散文形は新修全集第十巻本文の韻文形の先駆形と考えられているようだから、そうしてみればよりーそうはっきりするとおり、また、題名が示すとおり、この作品は三人兄弟の名医が世に見出され

るに至る出世物語だったといってよい。韻文形に改稿された時点ですでに、出世物語としてこれを完結させることを止めていることからみれば、すでに主人公の移動がはじまっていたとみることもできる。

最も早い草稿とみられる初期散文形から初期の韻文形へ、さらに初期の韻文形から「児童文学」発表形とその草稿とみられる異稿への変化で目立つことは、初期形において詳しく語られていた三人の医者の診察の模様が、発表形ではごく簡略化されていることである。人間の医者についていえば最先駆形である散文形では、北守将軍を診察し治療するに先立って、「からだの中で、あんまり火が燃えすぎ」ている患者を「消防はじめっ」と叫んで水桶の中にほうりこみ、やがて水桶からひき上げる治療例が語られ、次いで、「風が頭の中の小さい小さいすき間を」翔けていくため頭の中がいつも「ごうごうと鳴る」患者に「軽石軟膏」を与え、「毎晩頭によく塗って」寝るように指示する治療例が語られる。そしてさいごの三つめは、「大きなガラスのキップ装置」なるものに病人を入れ、「稀塩酸をシュウと注」いで発泡させたのち、「気絶している病人を引っ張り出し」人工呼吸をほどこす、というものである。韻文形では第三例だけが残り、発表形では治療例はすべて削られている。

動物の医者のばあいも、北守将軍を診察するに先立って「栄養不良と、過労に基因する肺癆」の馬を診察して、馬の主人に、「茲二・三ケ月労役を免じ、荳類青草等を豊富に御給与相成度、然らざれば、却つて高堂の御損失に立ち至るやと存じ候」という手紙を書く挿話がまず語られ、初期の韻文形でも同じ挿話が残っていたようであるが、これも発表形では（その異稿でも）、削られている。

植物の医者のばあいも、初期の散文形、韻文形では、「いぢけた桃の木」の挿話があったが発表形では完全に削除され、医者はすぐに北守将軍を診察し、治療するのである。

発表形で削除されたこれらの挿話は、それなりにユーモアに満ちており、興味ふかいものだが、たぶんにまやかしじみている。初期形における「三人兄弟の医者と北守将軍」はすでに記したとおり、名医の出世物語なのだが、ナンセンスに近いファースとみるべきなのではないか。これらの医者はたとえば戯曲「植物医師」を想起させる。「植物医師」については、新修全集第十四巻の解説に天沢退二郎さんが、「いかにもいい加減な、インチキに近い《植物医師》と、そのいい加減な処方に被害を受けた農民がいったん爾薩待を批難しながら、その萎れた様子を気の毒がって逆に力づけて帰って行く寛大さとが、巧まずして苦笑とイロニーを導き出す。自ら肥料設計に携った作者の自虐――というとまるで賢治もいい加減な植物医師だったみたいだが、そういうことではあるまい。むしろ、自分の献身的行為をこのように戯画化して笑いとばす、諧謔精神と見ることができるかもしれない」、と記している。この天沢さんの考え方は私自身が多年抱いてきた考え方に近い。医学ないし自然科学には必然的に内在する限界の自覚から、自己と自己のしようとしている仕事にひそむ欺瞞性を抉り出し、笑い飛ばしたもの、と私自身考えてきた。しかし、こうした考えがはたして正しいか、私はいま疑っている。こうした考えは作者の生活と体験にひきつけた深読みなのではないか、と疑っている。「植物医師」が元来農学校生徒のための劇の上演台本として執筆されたことからみても、肥料設計という職業を題材にとった、たんなる笑劇を作者は書こうとしたのではないか。いうまでもなく、作者の心理の深層に、天沢さんが指摘し、私自身もそう思ってきた、事情が潜んでいたかもしれない、ということは否定できないけれども、これは田谷力三の浅草オペレッタにみられたような、いわばハイカラなコメディで生徒たちに演劇の楽しみを教えることを意図したものなのではなかろうか。

同じことが「饑餓陣営」についてもいえるかもしれない。「極限状況の設定とユーモラスな展開とが巧妙にかみ合っていて、勲章という軍国主義的権威の象徴がコケにされているにも拘らず、反戦的主題にも露骨さはない」、とはやはり天沢さんの「饑餓陣営」についての解説だが、はたしてこの作品の主題は「反戦」なのだろうか、軍国主義的権威に対する反撥なのだろうか。もっと素直にナンセンスなファースとみるべきではないか、というのが私がいま考えていることである。

童話集『注文の多い料理店』の広告文中、「注文の多い料理店」について、「糧に乏しい村のこどもらが都会文明と放恣な階級とに対する止むに止まれない反感です」、と書いたことはひろく知られている。これも本当にそうだろうか。宮沢賢治自身の解説を疑うことは不遜かもしれないが、この「注文の多い料理店」が、もし真に村童たちの都会人に対する反感をモチーフとするのであれば、何故まるで村童たちが登場しないのだろうか。そうであれば別のストーリーがありえたのではなかろうか。これもむしろ、ナンセンスな、ブラック・ユーモア作品であって、賢治自身の解説も後からつけた理屈のように私には思われるのである。私のいま考えていることは、宮沢賢治の作品がもっている笑い、ユーモアというものは、反都会、反軍国主義、反権威、等々の思想や理念に由来するよりもむしろ、賢治その人の人格に由来するものであり、ナンセンスな笑いも充分享受できる、浅草オペレッタも受容し、たのしむことのできる、容量の大きな人格に由来するのではないか、ということなのである。「三人兄弟の医者と北守将軍」における三人兄弟の医者も、じつはそのいい加減さ、インチキめいた点では、「植物医師」と変りはない。この初期形が「北守将軍と三人兄弟の医者」に変ったとき、三人兄弟の医者からいかがわしさはなくなり、かれらは神秘的な名医に変貌する。はじめにリンパー先生を訪れると、「先生の右手から、黄の綾を着た娘が立つて、花瓶にさした何かの花を、一枝とつて水につけ、やさしく馬につきつけた。馬はぱくつとそれを噛み、大きな息を一つして、ぺたんと四つ脚を折り、今度はごうごういびきをかいて、首を落してねむつてしまふ」。北守将軍の治療にかかると、「パー先生は両手をふつて、弟子にしたくを云ひ付けた。弟子は大きな銅鉢に、何かの薬をいつぱい盛つて」きたとされている。初期の韻文形では、「エーテル、それから噴霧器」とあった箇所である。

馬医プー先生も弟子がもって来た小さな壺から、「何か茶いろな薬を出して、馬の眼に塗りつけ」る。初期の韻文形では、ここでもエーテルをそそぎ、馬が「リウマチスなやうですから」といって、「電気」を馬に押しつける箇所である。植物医師のリンポー先生も、「黄いろな粉を、薬函から取り出して、ソン将軍の顔から肩へ、もういつぱいにふりかけて、それから例のうちはをもつて、ばたばたばたばた扇ぎ出す。するとたちまち、将軍の、顔ぢゅうの毛はまつ赤に変り、みんなふはふは飛び出して、見てゐるうちに将軍は、すつかり顔がつるつるなつた」のである。初期の韻文形では「アルコホルを綿につけ／将軍の顔をしめしてから／すつすとさるをがせを剃つた」とある箇所である。

つまり、発表形「北守将軍と三人兄弟の医者」では、医者たちが施す薬は「何か」正体の分らぬものであり、それだけにエーテル、アルコホル等々で容易に治療してしまういかがわしさが認められなくなっているわけである。こうした三人兄弟の医者たちの変貌に対応して、北守将軍もまた変貌する。はじめに北守将軍の凱旋についていえば、当初、初期の韻文形では、

とても帰らないと思ってゐたが
ありがたや敵が残らず腐って死んだ。
今年の夏はずゐぶん湿気が多かったでな

おまけに腐る病気の種子は
こつちが持って行ったのだ
さうして見ればどうだやっぱり凱旋だらう。

とあった。初期の散文形では

どうせとても帰れないと思つてゐたが、
ありがたや、敵がみんな赤痢で死んだ、
して見ればとにかくやっぱり凱旋だよ。

とあった。発表形の異稿として収められている初期形でも敵は腐って死んだのであり、その「腐る病気の種子は／こっちが持って行った」というのである。これらはいずれも敵が自滅したことによる凱旋であり、「腐る病気の種子」をこっちがもっていった、というのも「三人兄弟の医者と北守将軍」の初期散文形にみられるのと同様のナンセンスな笑いである。これが、発表形では

とても帰れまいと思つてゐたが
ありがたや敵が残らず脚気で死んだ
今年の夏はへんに湿気が多かつたでな。
それに脚気の原因が
あんまりこつちを追ひかけて

砂を走つたためなんだ
さうしてみればどうだやつぱり凱旋だらう。

となる。敵が自滅したにはちがいないが、それは敵を翻弄し、奔走させたために脚気を患わせること となり、それに今年の夏の湿気がかさなったためだという論理的な説明が与えられている。「さうしてみればどうだやつぱり凱旋だらう」という凱旋は、私たちの笑いを誘うけれども、決してナンセンスな笑いではない。戦争の勝利というものの本質は意外とそうしたことにあるのかもしれないと思わせるような、戦争の空しさ、苦々しさを内面に秘めた笑いに昇華しているといえば、言い過ぎであろうか。

「北守将軍と三人兄弟の医者」の魅力は、はじめに引用した軍歌にみられるような、格調の高さにあるのだが、全篇をつうじてみれば、北守将軍の人格の魅力にあるように思われる。三人兄弟の医者の治療をうけた後王宮に参上した将軍が王から、「じつに永らくご苦労だつた。これからはもうこゝに居て、大将たちの大将として、なほ忠勤をはげんでくれ」という言葉を賜り、答えて言上する。

「おことばまことに畏くて、何とお答へいたしてい丶か、とみに言葉も出でませぬ。とは云へいまや私は、生きた骨ともいふやうな、役に立たずでございます。砂漠の中に居ました間、どこから敵が見てゐるか、あなどられまいと考へて、いつでもりんと胸を張り、眼を見開いて居りましたのが、いま干様のお前に出て、おほめの詞《ことば》をいたゞきますと、俄かに眼さへ見えぬやう。背骨も曲つてしまひます。何卒これでお暇を願ひ、郷里に帰りたうございます。」

北守将軍は名利栄達を求めない、超俗の人格なのである。この人物の実直さは、初期の韻文形以来、つまり、何故、三人兄弟の医者の治療をうけることとなったか、の原因にその萌芽があった。将軍は王宮から使者を迎えるため馬から降りようとして、降りられない。初期の韻文形では

もう将軍の両足は
堅く堅く馬の鞍につき
鞍は又堅く馬の背中の皮に
くっついてゐてはなれない。
（中略）
あゝ、こいつは実に将軍が
三十年も北の方の国境の
深い暗い谷の底で
思いつとめを肩に負ひ
一度も馬を下りないため

将軍の足やズボンが
すっかり鞍と結合し
鞍は又馬と結合し
全くひとつになったのだ。

北守将軍はその初期形から、愚直ともいうべき誠実な人物として描かれていたのであった。発表形への推敲とは、一面では三人兄弟の医者たちのいかがわしさが消えていくことであり、反面、北守将軍の超俗的愚直さという人格を書きこんでいくことであった。王から辞職を許されて、

「その場でバーユー将軍は、鎧もぬげば兜もぬいで、かさかさ薄い麻を着た。そしてじぶんの生れた村のス山の麓へ帰つて行つて、粟をすこうし播いたりした。それから粟の間引きもやつた。けれどもそのうち将軍は、だんだんものを食はなくなつてせつかくじぶんで播いたりした、粟も一口たべただけ、水をがぶがぶ呑んでゐた。ところが秋の終りになると、水もさつぱり呑まなくなつて、ときどき空を見上げては何かしやつくりするやうなきたいな形をたびたびした。

そのうちいつか将軍は、どこにも形が見えなくなつた。そこでみんなは将軍さまは、もう仙人になつたと云つて、ス山のいたゞきへ小さなお堂をこしらへて、あの白馬《しろうま》は神馬に祭り、あかしや粟をさゝげたり、麻ののぼりをたてたりした。

けれどもこのとき国手になつた例のリンパー先生は、会ふ人ごとに斯ういつた。
「どうして、バーユー将軍が、雲だけ食つた筈はない。おれはバーユー将軍の、からだをよくみて知つてゐる。肺と胃の腑は同じでない。きつとどこかの林の中に、お骨があるにちがひない。」なるほどさうかもしれないと思つた人もたくさんあつた。」

北守将軍は仙人になったのか、どうか。余韻を残したこの結びも印象ふかいが、「北守将軍と三人兄弟の医者」は末尾に近づくにしたがい、北守将軍の人格が重く大きく描かれ、その高潔な人格の魅力が私たち読者をとらえるのである。その人格とは、三十年、馬からおりることなしに、いつもりんと胸を張り、眼を見開いていた、しかも名利栄達に恬淡な、超俗的な人格であり、ほとんど愚直といってよい人格なのである。はじめに引用した軍歌の魅力もまたこうした人格の高潔さとかよいあうものといってよい。

かりに、デクノボーが「雨ニモマケズ」を書いた時点における宮沢賢治の抱いた理想的人間像であったとすれば、「グスコーブドリの伝記」のグスコーブドリもある時点における理想的人間像であった。同様に、北守将軍の愚直なまでに誠実で超俗的な人間像もまた、宮沢賢治の夢みた理想的人間像のひとつであったろう、と私は考える。そうした人間像が賢治の心の中で初期形から発表形に至るほぼ十年の間に発酵し、成熟したのではないか、といま私は考えている。

後記

私は二〇〇九年に『中原中也私論』を刊行して以降、『萩原朔太郎論』を二〇一六年に、『石川啄木論』を二〇一七年に、『高村光太郎論』を二〇一八年に、『高村光太郎の戦後』を二〇一九年に、それぞれ上梓した。これらにより、私がごく若いころから心酔し、影響をうけてきた詩人については、宮沢賢治を除き、すべて現時点における私の考えを公表したこととなったと思い、宮沢賢治については、何回かこれまで拙著により私の考えを公表してきたので、あらためて考え直すこともあるまいと思っていた。

ところが、二〇一九年夏、ふとした機会に「雨ニモマケズ」を読みかえし、これまで私が「雨ニモマケズ」という作品を決定的に読み違えていたことに気づいた。そう気がつくと、彼の詩、童話についても読み直し考え直さなければならないように感じた。

そこで『新修宮沢賢治全集』を読みかえし、考え直して、書きあげたのが本書に収めた論考である。作品の引用はすべて『新修宮沢賢治全集』により、同全集のルビは、どうしても必要と思われるものを除き、省くこととした。執筆にさいし、同全集の他、『新校本・宮澤賢治全集』の年譜などを参照しただけである。

それ故、これまで私が公表してきた宮沢賢治に関する論考、エッセイの類はまったくの読み違いにもとづくものなので、すべて無視することとしていただきたい。また、多年にわたり、宮沢賢治に関する研究・論考の著書を購入し、あるいは恵与されてきたので、それらを収蔵しているが、これらの中の一冊といえども、また、その一部といえども、本書の論考の執筆にさいし、参照していない。したがって、本書の論考の一部は、すでに先学により公表されている論説と同じかもしれないが、もしそういうものがあれば偶然にすぎない。

本書に収めた論考は私の読み違いを正し、『新修宮沢賢治全集』を読み返し、その結果、考え直した解釈にもとづき私自身の考えを記したつもりである。

ただし、最終章の「北守将軍と三人兄弟の医者」だけは、「ユリイカ」一九九四年四月号に発表した文章に手を入れたものである。

本書の出版をひきうけてくださった青土社社長清水一人さん、製作を担当してくださった水木康文さんにお礼を申し上げる。

二〇二〇年二月二八日

中村　稔

宮沢賢治論

2020年4月30日　第1刷印刷
2020年5月10日　第1刷発行

著者——中村 稔

発行者——清水一人
発行所——青土社
〒101-0051　東京都千代田区神田神保町1-29　市瀬ビル
［電話］03-3291-9831（編集）　03-3294-7829（営業）
［振替］00190-7-192955
印刷・製本——ディグ
装幀——菊地信義

ISBN978-4-7917-7269-8　Printed in Japan

中村稔の本より

萩原朔太郎論　三二〇〇円
石川啄木論　二八〇〇円
高村光太郎論　二八〇〇円
高村光太郎の戦後　二六〇〇円
中也を読む　詩と鑑賞　二二〇〇円
芥川龍之介考　二二〇〇円
樋口一葉考　二二〇〇円

青土社　定価はすべて本体価格